天命の巫女は白雨に煙る

彩蓮景国記

朝田小夏

角川文庫
21859

大脳の進化は口脳に遡る

第一章　陵墓盗掘

1

太陽が天を翔《か》ける季節――。

景国《けいこく》の都、喬陽《きょうよう》の東門の前で、美しい一人の少女が腐った人頭を持って立っていた。

少女の名を貞彩蓮《ていさいれん》。

巫覡《ふげき》を司《つかさど》る一族、貞家の一人娘の巫《かんなぎ》である。えくぼの可愛い、愛嬌《あいきょう》美人で、育ちの良さが品のいい顔に溢《あふ》れている十八歳。その微笑みは万金に値する。

朽ちて蝿が集《たか》る生首を持っているとはいえ、何も、彼女が首を切り落としたわけではない。

喬陽では門の下に人頭を埋める習慣があるのだ。往来や門の下に人頭を巫覡が埋めることにより、異民族や敵、あるいは悪霊の類《たぐい》がそこを通れないように呪《じゅ》を込める。いわば結界を作るのに使うのである。それを十五年に一度、呪の効力が切れる前に、一斉に取り替える。

つまりこれは、国防にも関わる重要な仕事だった。が、作業は至って地味だ。穴を掘り、そこに人頭を入れるだけなのである。貞一族は総勢三百人あまりの大きな家で、街角の祈禱《きとう》師から官位を持つ巫官《ふかん》までいるが、今日は、その全てが、この作業に駆り出されていた。彩蓮は皇甫珪《こうほけい》と、従者の小真《しょうしん》と組み、ここ東門に来ていたのである。

皇甫珪は三十路《みそじ》の髭面《ひげづら》大男。彩蓮の元護衛で、今は禁軍に勤める武人である。片腕を戦で失っているとはいえ、剣の腕には定評があるが、人知を超えた妖《あや》かしの類にはからきし弱い彩蓮の婚約者でもある。

小真は十四歳。孤児となって貞家に妹の小春《しょうしゅん》ともども引き取られた従者である。よく食べるわりに細身で、最近急に背が伸びて、彩蓮の背丈を超えた育ち盛り。よく気が利き、妹思いでもあるので貞家では可愛がられている。

「これくらいでよろしいですか」

「まだよ。あなたの背丈ほどは掘らないと」

炎天下、皇甫珪は半裸になって土を掘る。

穴を掘るために生まれたような肉体を持つ男である。日に焼けた顔を、真剣な眼差《まなざ》しにすると、これも大事な仕事だと重労働に励む。片やひょろりとした体付きの小真は、土を掻《か》き出す作業を手伝っている。

「で、でやがった！」

突然、大きな声が聞こえたかと思うと、カサカサと音がして、大量の黒い蟲《むし》が穴から這《は》い上がってきた。霊物《モノ》と呼ばれる、人知を超えた存在を嫌う皇甫珪が穴の中で踊るように蟲を避《よ》けたが、炎天下の中、蟲の方が、暗闇を求めて逃げて行った。

「ちょっと、遊んでないで、頭蓋骨《ずがいこつ》は見つかったの？」

彩蓮が笠《かさ》を傾けて穴を覗《のぞ》き込んだ。

「あっ、そこ！」

白い塊が見える。以前埋められたものだろう。

皇甫珪が粘土のような土を丁寧に指でぬぐい、髑髏《しゃれこうべ》を彩蓮の方に掲げる。

「ごくろうさま」

役目を終えた頭蓋骨に、彩蓮はねぎらいの言葉をかけた。これからは、手厚く葬られ、安らかに眠ることになる。

「では新しい首を埋めてもよろしいですね」

「ええ。丁寧にお願いよ。目が都の外を向くようにしてね」

　彩蓮は細かく指示を出すと、皇甫珪が安置するのを見届けた。手を合わせて、天の加護と髑髏への願いを込める。別に儀式めいたものはなかった。この東門が終われば、次は市に埋められた首を交換しに行かなければならない。全部で数百にもあまる頭を今日一日で喬陽の巫覡たちは、都の各所で差し替えなければならないのだ。

「皇甫珪。さあ、さっさと埋めてちょうだい」

「彩蓮さまも少しは手伝ってください」

「こんな暑い中、力仕事をしたら気を失うわ。あなたに任せる」

　暑気あたりになる者はこの数日増えている。生ぬるい水を牛の胃袋で作った水筒から飲むと、彩蓮は、笠をかぶり直す。別段、皇甫珪も口だけで、彩蓮に手伝って欲しいとは思っていないから、彼は白い歯を見せて「おまかせください」と笑うのだった。

　ようやく大きな穴が埋まった頃、紫の薄絹に覆われた豪奢《ごうしゃ》な馬車が一台やってきた。

　嫌な予感がする。

　そしてそんな予感は大抵当たる。巫女《みこ》としての能力というよりは、経験と勘によるものだ。

「やあ、彩蓮。暑い中、大変だね」

　顔を出したのはこの国の太子騎遼《きりよう》。銀髪の麗しいこの国の次の王である。扇を広げ、口もとを隠して笑うその姿は、とても優雅である。

「騎遼じゃない。どうしたの、こんなところで」

「陵《みささぎ》に詣《もう》でるんだ。君を誘おうと思って、寄ってみた」

「見ての通り、とっても忙しいの。あなたと遊んでいる場合じゃないわ」

「陵は都の外の小高い丘にある。ここよりずっと涼しいよ」

「行きたいけど、行けないわ」

「君のお祖父《じい》さまの太祝《たいしゅく》には許可を取ってある。陵に巫女も連れずに行くのはおかしいと言ったら、許してくれた」

陵は、景国の王族を祀《まつ》る陵墓である。巫覡を連れてお参りするのは当然で、今日は宮廷に仕える巫覡たちも首の差し替えで大忙しだから、誰も騎遼の道楽に付き合ってくれなかったのだろう。そして選ばれてしまったのが、騎遼と親しく、そして半人前の雑用係である彩蓮なのだ。

彩蓮の祖父、貞白《ていはく》は巫覡の長で国の神事を司る長官である。この国では王家と並ぶ権力を保持する家の家長で、未来を視、天の声を聞くことで、政治に深く介入することが可能な人物である。王さえも召し出す時は正装して出迎えるのがしきたりとなっている。とはいえ、直々に太子に求められれば外出のための巫女の一人ぐらい用意しなければならなかったのだろう。

「さあ、乗るといい。俺の馬車は四頭立てだ。風を切って走るから気持ちがいいよ」

彩蓮はちらりと皇甫珪を見た。泥だらけの男は渋い顔をしている。でも正直、穴掘りより、よっぽど陵の方がよかった。騎遼のことだから、先祖との酒宴と称した小さな宴《うたげ》を樹の下で催して、琴を片手に暑さをしのぐぐらいの風流はするだろう。

「井戸の水で冷たく冷やした梨もある。さあ、乗って。こんなところにいたら、君の白珠のような美しい肌が焼けてしまうよ」

冷たい梨と聞いてピンと彩蓮の意識がそちらに向いた。でも皇甫珪の刺すような視線は感じる。行きたい。でも行くべきではない。二つの思いの狭間《はざま》に板挟みになったが、『冷たい梨』という言葉を聞いた時から答えは既に出ていた。

「仕方がないわね。お祖父さまがそう言っているのなら――」

彩蓮は心底不本意そうな顔を作って騎遼が差し出す手を取った。

馬車の中に入れば、既に騎遼は一杯やっていたようだ。薄い玉《ぎょく》で作った杯に、氷室を開かせたのか、贅沢《ぜいたく》にも氷を浮かべている。

「飲むか」

「氷だけ欲しい」

騎遼は氷と杏《あんず》、梨を玉碗《ぎょくわん》に盛って渡してくれた。彩蓮は溶けないうちにと氷を口に放り込んだ。

「冷たい」

彩蓮はにっこりと満面の笑みを浮かべる。すると、汗に濡《ぬ》れた髪を顔に貼り付けている彩蓮に、薄萌葱《もえぎ》色の衣の人は微笑み返した。

「彩蓮といると嫌なことを忘れる」

「何か嫌なことがあった？」

「嫌なことのない日などないさ」

物憂げに、杯を見つめ、馬車により掛かる色男は、それだけで女の心をドキンとさせる。しかしそれは計算し尽くされたものであることはよく知っていた。彩蓮は話を変えた。

「皇甫珪はどうしたのかしら？」

流石に泥だらけの男は、太子に遠慮して同乗を避け、後ろから小真を乗せて馬車でついてきているようだった。

彩蓮は急に居心地が悪くなった。そもそも、宮殿の池の側で涼んでいればいいものを、騎遼がこんな暑い日になぜ出かけようなどと思いついたのか——。

「何かあったんでしょう」

「さあな」

騎遼はしらを切った。彩蓮は食い下がった。

「はっきり言いなさいよ。絶対何かあったって顔をしているわ」

「まぁ、ちょっとした事件がなかったわけではない」

「やっぱり！」

騎遼は扇を弄《もてあそ》ぶと、声を落とした。

「昨夜、賊が前王である武曜《ぶよう》王の墓を盗掘したんだ」

「はぁ?!」

「遺体と財宝が奪われた」

それは国家的一大事ではなかろうか。

王の墓を荒らすなど、罰当たりにもほどがある。しかも御遺体さえも盗まれたとは言語道断だ。

「陵には呪が込められている。呪を破ったということは、巫覡《ふげき》が関わっていることになる。太祝は貞家の潔白を晴らすために、君を遣わしたんだよ」

巫覡が関わっていたとなると、貞家が疑われるのは当然だった。騎遼は捜査を共にするという名目で、彩蓮を人質にして貞家の忠誠を試したのである。彩蓮は冷たい目をした。

「梨につられて車に乗るんじゃなかった」

「つられようがつられまいが同じさ。どうせ俺は強制的にでも君を馬車に乗せたのだからね。それに君の家に放っている間諜《かんちょう》から聞いた話では、どうやら君はただ舞を披露する巫女になるために、巫官《ふかん》登用試験を受けたいそうじゃないか。巫官になるには王族か二品官以上の重臣の推薦が、試験を受ける条件だと聞いた。太祝は不賛成らしいから、誰かが推薦状を書く必要があると思うんだけどね」

「もしかして書いてくれるの?!」

「困っている友人を助けるような人物には、当然、なにか返礼をするのが礼儀だ」

彩蓮は目を輝かせた。

景国は縁故主義の国である。

生まれた身分で、父から子へと社会的地位が移行する。つまり貧乏で生まれたら一生貧乏なわけなのだが、他国も含め、多彩な才能を認めて登用する機運が高まっている。景国にも食客も多く、出世の機会を窺《うかが》っている文官、武官は多くいる。それなので狭き門とはいえ、文官、武官の試験はあった。ただ巫覡の官吏、巫官だけは貞家に独占されて来た。しかし、その慣例を前王は破って、巫官の登用試験を実施することに決めたのだが、今上は推薦状要件を付け、実質登用を不可能にしていた。

彩蓮は当然心が揺れた。祖父も父も彩蓮が試験を受けることも、試験そのものも政《まつりごと》に利用され、苦労するのではと、反対している。騎遼の申し出は渡りに船だったのである。

彩蓮はもっともらしい顔を作る。

「まあ、いいわ。墓荒らしに貞家は関わっていない。それを証明してみせる」

騎遼は肩をすくめて見せて、酒をまた一口飲んだ。

彩蓮は紫の帷《とばり》を片腕で押し上げて、動き出した馬車に風を入れる。後方で馬車を御している皇甫珪が頭をぺこりと下げたので、彩蓮は小さく手を振った。馬車は、都と郊外を仕切る城壁に作られた石門をゆっくりと潜る。その脇を黒い笠《かさ》を被《かぶ》った男たちが通り過ぎたけれど、彼女は気づかなかった。

2

人混みから解放されたからだろうか。小川の脇を馬車が走っているせいだろうか。見渡す限り続く蒼《あお》い草原の中の長閑《のどか》な一本道は、草の匂いに溢《あふ》れ、都よりずっと涼しかった。人目がなくなると、騎遼も帷を外したから、風が馬車の中を吹き抜け、彩蓮の髪が揺れた。

「気持ちいい」

「彩蓮、ほら、陵が見えてきた」

騎遼が指さした先に、緑の陵墓群があった。こんもりとした陵墓がいくつも丘に並んでおり、厳重な結界が敷かれているせいで、空気がピンと張り詰めている。まさに「神聖」という言葉が似合う静かな場所である。

彩蓮は初めてこの地に足を踏み入れた。

王家の墓が並ぶ聖域は、王族と祭事する巫覡のみ立ち入りを許されているのだが、今日は黒い革の鎧《よろい》を着た武官たちが、物々しい様子で検問を敷いており、白衣の覡《かんなぎ》たちの姿は見えなかった。

「陵墓を守る巫覡がいるはずでしょう？　どうしたの？」

「殺された。計十五名だ。生き残った者は一名でその者の話では、昨未明に黒衣の男たち二十名ほどが押し入ったという。巫覡を殺したのは、武に長《た》けた男たちと、覡数人だったらしい。こっちに来てくれ」

騎遼は馬車から彩蓮が降りるのを助けると、ぐんぐんと坂道を登って行った。前王の墓ともなれば、巨大なものだ。きっと日当たりのいい南に面した陵墓で、墓の上に立つ霊廟《れいびょう》や陵寝《りょうしん》はさぞかし立派だろうと彩蓮は思っていた。

「ここだ」

しかし、騎遼が案内したのは、大夫《きぞく》の墓程度の小さなものだった。建物の代わりに石の墓石が立っていて、ひどくそっけなく「武曜王之墓」と書かれている。

「ずいぶん寂しいお墓ね」

「巨大な陵墓を建設するのは金がかかる。今は昔と違って奴隷を殉死させたりもせず、俑《よう》を埋めるだけだし、他国も墳墓を小規模化させている。そういう時代だよ」

彩蓮たちは墓の裏に回った。石が崩され、ぱっくりと墓は口を開けていた。

むろん規模が小さいとはいえ、王の墓である。

地下深く棺《ひつぎ》は埋められているので、秘密の出入口があるのだが、それを何者かが暴いたとなると、疑われるのは貞一族以外ない。陵墓を作った職人たちは王の黄泉《こうせん》の旅に供をするのが習わしだからだ。貞家の巫覡は入棺を監督し、魂《たま》送りの儀式をし、最終的に墓が閉じられたことを確認するが、殺されることはないのである。

「あなたも貞家を疑っているの？」

「君のことは疑っていないさ」

「お父さまや、お祖父《じい》さまのことは？」

「知っているだろう？　俺は他人《ひと》を信じない」

「…………」

「武曜王の墓が荒らされ、あまつさえ御遺体が行方不明だ。関わっていたのは巫覡ともなれば、貞家は当然疑われる」

「理由は？　なぜ王の墓を暴く必要があったの？」

「それはこれから調べるんだ。とにかく、中の様子を見てみよう」

皇甫珪が松明《たいまつ》を持ってやってきた。

当然、先頭を行くかと思えば、及び腰である。

「どうしたの？」

「蟲《むし》がいるかもしれません」

「鼠がいるかもしれないじゃない」

互いに松明を押し付け合っていると、どちらも怖くないらしい騎遼が、それを受け取った。

「行こう。日が暮れるのは良くない」

今は穏やかな小高い丘も、夜ともなれば死者の丘となる。死霊が我が物顔に歩き回り、蟲のような霊物《モノ》で溢れかえる。彩蓮は身震いをすると、西の空を見た。まだ日はあるが、あと半刻《とき》もすれば、太陽は落ち始めることだろう。

「急ぎましょう」

鼠が怖いなどと言っていられない。

彩蓮は前を行く騎遼の袖《そで》を摑《つか》むと、急な階段をゆっくりと下がって行く。

「空気が乾いているな」

騎遼が言った。

確かに中はからりとして、涼しかった。通路は人が一人通れるか通れないかくらいの細いもので、壁には太古の文字で神々を崇《あが》める言葉が刻まれている。

そして奥へ奥へと進んで行くと、ヒューヒューと風の音が聞こえてきた。それがまるで女の泣き声のように聞こえて気味が悪い。彩蓮は騎遼の袖をぎゅっと握り、皇甫珪は彩蓮の肩をぐっと摑んだ。

「盗賊が石の壁を崩したから風が通っているだけだ」

呆《あき》れ顔の騎遼は、地下に到達し、崩された石を跨《また》いで槨室《かくしつ》に入ると重苦しい表情になった。彩蓮も皇甫珪も言葉を失う――。

「こりゃ、酷《ひど》い」

あたりは物色されたように物が散乱していた。

天上の世界を描いた幡《はた》に、割れた陶器の俑。神話を書いた竹簡の束。青銅の祭器は床に転がり、棺の蓋《ふた》はこじ開けられている。

皇甫珪は荒らされた室の様子に心を痛めた様子だったが、彩蓮は別のことにも眉《まゆ》を顰《ひそ》めた。

「一槨しかないわ」

普通、王の陵墓は三層の槨室《かくしつ》があり、その中に二層の棺を入れる。それなのに、ここは槨が一層で、しかも棺は一つだけ。あまりにも簡素で盗掘対策をしていないと言っても過言ではない。

彩蓮は台に残された空っぽの棺を覗《のぞ》いた。

金《かね》に換えられそうな玉《ぎょく》や金《きん》、高価な真珠などの副葬品がすっかりなくなっているだけでなく、騎遼が言った通り遺体そのものもそこにはなかった。

「御遺体はなんで持って行かれたのかしら？」

「死体を薬にする輩《やから》がいると聞いたことがあります」

皇甫珪が噂を口にしたが、彩蓮もそれを聞いたことがあった。騎遼が言う。

「祟《たた》りを恐れて死者も持って行った可能性がある。巫覡《ふげき》が一緒にいたなら、どこかで除霊をして死体は捨てたと考えるのは妥当だ。武官たちには周辺を捜索させている」

彩蓮は、腕組みした。

何者かは、前王の墓が非常に簡素に作られているのを知っていて狙ったのかもしれなかった。他の王の墓なら、こんなに簡単に盗掘できなかった。短時間で足が付かずに盗める格好の獲物だったに違いない。

「彩蓮さま……」

皇甫珪が何かを拾い、大きな手のひらを開いた。

玉《ぎょく》で出来た蟬である。

「玉蟬《ぎょくせん》よ」

「玉蟬？」

彩蓮は皇甫珪の手のひらから親指ほどの大きさの翡翠《ひすい》の石をつまみ上げた。

「玉蟬は死者の口の中に入れて葬る呪具《じゅぐ》で、再生を願った副葬品でもあるの」

蟬のさなぎが土から還《かえ》るように、玉蟬があれば人は蘇生《そせい》できると景国では信じられていた。主に貴人のために最高級の翡翠で作られるので、大変貴重なものである。犯人たちが死体を運び出すときに口から落ちたのだろう。

「重い青銅器は捨て、玉や金のみを盗んでいる。玄人の仕業なのは間違いないな。彩蓮、悪霊の気配などはないか」

「悪霊？　そんなの全然感じないわ」

「では妖《あや》かしの仕業ということは？」

「わたしが感じるかぎり、ここは清らかな空気が流れているわ」

横で皇甫珪が放置された青銅の祭器の中の臭いを嗅《か》いだ。

「なんだこりゃ」

顔を顰《しか》めて、壺《つぼ》を手放した。

「飲まないでね。仙薬かもしれないから」

「仙薬とはなんですか」

「仙人として生き返るための薬。玉蟬と同じよ」

「これを飲めば生き返ることができるのですか」

「怪しいものも入っているから、わたしなら絶対試さないけどね」

彩蓮は片目を瞑《つぶ》って見せて、部屋の片隅で黙って立っている騎遼を振り返った。

「もういいわ。地上に戻りましょう。地下は死者の国で、黄泉への入口。長居は無用よ」

彩蓮は暗い槨を後にした。

3

翌日、彩蓮は朝早くから身支度して、貞家の書庫の鍵《かぎ》を手にした。

書庫は屋敷の北東にあり、土壁の厚さは蔵の二倍にも及ぶ。厨房《ちゅうぼう》から一番遠い建物であるのは、火を恐れてのことだ。美しい曲線を描いた屋根には、瓦《かわら》が並び、窮奇《きゅうき》という人食いの羽を持った虎が、鮮やかな朱色の扉に魔除《まよ》けとして描かれている。

それというのも、禁忌である呪術《じゅじゅつ》に関する書籍などが置いてあるからである。書庫の前では昼夜を問わず見張りが置かれ、厳重に守られている。

「おはよう」

「おはようございます」

今日の見張りは、ちょうどいいことに小真だった。腕っぷしは少々頼りないが、小真は非常に慎重で機転の利く性格なので、賊が入ってもすぐに気づいて笛を鳴らして皆に知らせるだろう。ここのところ、小真は貞家でも重宝がられている。

「徹夜なの？」

「はい」

「大変ね」

「書庫の中にお入りになるのですか」

「そう。調べたいことがあって」

小真はすぐに彩蓮から鍵を受け取ると、器用に開けてくれた。戸が開かれると、竹簡の匂いがする。彩蓮は靴を脱ぎ、ひんやりとする書庫の中に入った。

「何をお探しですか」

「副葬品について調べたいの」

「墓に入れる物のことですよね？」

「ええ」

「こちらです」

整理整頓《せいとん》も小真の仕事らしい。綺麗《きれい》に掃除の行き届いた竹簡の山は見ていて気持ちがいい。彩蓮は竹簡の束に付けられた札を一つ、一つ、見ていく。そして埋葬の礼法が書かれた「葬礼《さいれい》」という書物を見つけると、手を止めた。

「これかしら？」

「これにも載っています」

小真が「冥宮方《めいきゅうほう》」という書物の束を窓の前にある机に載せると、窓を開けてくれた。彩蓮は席に座り、小真に尋ねる。

「勉強しているの？」

「書物を、というより、書庫を勉強しています。太祝さまが、所蔵書の目録を作ってくださったので、それを覚えたのです。どこに何があるか分からないと、本を見に来た人が困りますから」

「えらいわ」

少年ははにかんで俯《うつむ》いた。

難しい字は分からないだろうに、貞家に来てからメキメキと頭角を現している。霊感もあるし将来有望な巫覡だ。

「硯《すずり》と筆を持ってきます」

小真は慣れたように、走っていった。彩蓮はその後ろ姿を見ると、竹簡の束の紐《ひも》をそっと解《ほど》いた。そして読み出し、すぐに眠くなった。とにかく「葬礼」は難解で、小難しく書かれている。例えば、やれ殯《もがり》では棺に、喪主は九回跪《ひざまず》いて五回手を叩《たた》くだの、陵に捧げる生贄《いけにえ》は、牛でなければならないだのとか、祭器はどうの、弔問客への食事まで、しっかり決められている。

騎遼は、昨今、陵は小型化されているようなことを言っていたが、貞家は儀式を重んじる。王の陵があのような簡素なものであっていいと祖父が進言したとは思えなかった。読んだところをゆっくりと巻きとりながら先に読み進めると后《きさき》の埋葬についても言及されていた。后と王は同じ陵に埋葬されることが多い。しかし、前王は一人地下の小さな棺の中にいた。

「どうしてかしら。遺体がないってことは、まだ后は生きている？　いいえ。そんな話は聞いたことがないわ」

そこに小真の代わりに皇甫珪が硯と筆を持ってきた。大きな手で小さな硯を彩蓮の横に置く。

「何か分かりましたか」

「ううん」

「何をお探しですか。手伝いましょう」

「じゃ、こちらの『冥宮方』をお願い。玉蟬について書かれていないか探して」

「はい」

皇甫珪は元気に返事をして、「冥宮方」を開いたものの、すぐに額を机にくっつけた。

「ぜんぜん、分かりません」

武官で体力のみを武器に出世を狙っている男だけあって、文字は読めても読む気がない。彩蓮は自分もこの書物に閉口していたことなど忘れて吐息をついた。

「玉蟬という文字を探して。別に中身は読まなくていいから」

そして二人は無言になって玉蟬の文字を探した。

そして日が昇り始めて、ゆっくりと気温が上がってくるのを感じると、彩蓮は書物から目を離した。腹の虫がきゅうっと鳴いた。

「朝餉《あさげ》は食べたのですか」

「まだよ」

「何か分かりましたか？」

「書いてあるのは一般的なことだけ。玉蟬を死体の口に入れることは、再生復活を祈る呪いであること、副葬品として重要であること、くらいかしら」

「俺の方には『地中から生まれる蟬は復活の象徴で葬玉』ぐらいしか書かれていませんね」

「どこ？」

「ここです」

彩蓮は皇甫珪と書物を交換した。

そして文字を指で追う。しかし、確かに特筆した点はない。新しいことは何も分からなかった。知りたいのは、玉蟬にどれだけの霊力があるとか、本当に復活するかなどだ。だが、そういったものは記されていない。推測すると、形式的な副葬品なのだろう。彩蓮は懐に入れていた玉蟬を取り出すと、机の上に置いた。

「とてもいい石で出来ているわ」

「釵《かんざし》に作り替えられたらいかがですか？」

「嫌よ。呪われそう」

「そうですよね」

しかし、彩蓮はそれではっとした。きっと盗賊は盗品を金に換えようと動くはずだ。皇甫珪が言うように、他の装飾品に加工してしまえば、葬玉も美しい腕輪や釵、指輪になって市場で売れる。それならば足がつかない。

「盗品をさばくような店を知っている？」

「そういった商売は大抵妖《あやかし》が営んでいます。東門の裏通りあたりがねぐらでしょう」

「行ってみましょう」

「今からですか？」

「まさか。朝ごはんを食べてからよ」

片目を瞑《つぶ》ってみせると、大男は竹簡の束を巻き直し、小真に元ある場所に片付けるように言いつけた。

「ごめんね。頼んだわよ」

「いってらっしゃいませ、彩蓮さま」

彩蓮は笑顔で手を振ると小走りに書庫を立ち去ろうとした。ところが、彼女はドンと大きく戸口で誰かとぶつかった。体がぐらりとして、慌てて階段の手すりを摑《つか》んで体を支えた。

「失礼いたしました」

見れば、慇懃《いんぎん》に頭を下げているのは、貞家の内々のことをすべて取り仕切っている家宰《しつじ》の貞幽《ていゆう》である。彩蓮の父、貞冥《ていめい》のはとこに当たる男で、目つきが悪い。皇甫珪とは相性が悪く、顔を合わすたびに嫌味を言う。今朝もいつもと同様に、ぎろりと彩蓮を見ると、後ろにいた皇甫珪に言った。

「彩蓮さまはいったいいつ婚礼をあげたのですか」

「どういう意味か、貞幽殿」

にやりと笑った男は感情のない声で答えた。

「書庫には当番以外は、貞家の人間しか入れない決まりですのに、いったいいつ皇甫珪殿は貞家の婿に、なったのかと思ったのです」

「皇甫珪は家族も同然だわ」

「貞家には厳しい掟《おきて》というものがあります。それに——暗い書庫で、たった二人きりで一体中で何をしておられたのやら」

にたにたと笑った男に彩蓮はかっとなって言い返そうとしたけれど、皇甫珪に肩を摑まれて止められた。

「急ぎで調べることがあったのだ。黙って入ったのは悪かった」

相手は面白くなさそうに舌打ちして通りすぎる。

「いけ好かない男だわ」

「貞幽は官職に就きたいのです。しかし、貞白さまが、貞幽は利に聡《さと》く、政《まつりごと》が絡む宮廷は相応《ふさわ》しくないと反対されて万年家宰の地位から抜け出せないので、ああも不満で不機嫌なのです」

「ふん」

彩蓮は唇を尖《とが》らせる。どうせ彩蓮が皇甫珪と書庫にいたのを父、貞冥に言いつけるに決まっていると思った。

「それより行きましょう。俺もお腹がペコペコです」

きっと嫌な目には何度も遭っているのに、機嫌を取るように微笑む皇甫珪に彩蓮は、それ以上怒ることも出来ず、書庫を出た。眩《まぶ》しい真夏の太陽の光が、彩蓮の視界を遮り、その後に影が襲って一瞬立ちくらんだが、大男が彼女をしっかりとした腕で支えてくれた。

「大丈夫ですか」

「ええ」

光と影──。それは騎遼と初めて出会った時に感じたものと同じだった。

──天の警告？

予感を孕《はら》んだ陰影は、何を意味するのか、半人前の彩蓮には分かりようもないことだった。

だから、彩蓮は青い空に負けずに咲く百日紅《さるすべり》の花を、恍惚《こうこつ》と眺めた。

4

ぐぐぐと、彩蓮の腹の虫が再び鳴ったのは、大通りの市の近くのことだった。昼近くともあって、路《みち》を行き交う人の数は多い。

彩蓮は、朝早く目覚めて、昼も近づいて来ているというのに、まだ何も食べていなかった。人混みの中、つま先立ちになって前方を見れば屋台が並んでいるではないか。中に一軒、いい匂いを漂わせ、人が列をなしている店がある。売っているのは、豆飯と豆の葉の羹《あつもの》。豆は庶民の食べ物で、貴族は米や粟《あわ》や黍《きび》を食べるのだが、彩蓮はそんなことを気にしない。最後尾に並んだ。

「瓜《うり》も買ってきましょうか」

「そうね。大分暑いから、水分は必要かも」

向いの店で青瓜を売っていた。

大男は、人の流れを縫って店に行くと、いくつか瓜を指さした。売り子が、皇甫珪になぜか顔を赤らめ、髭面《ひげづら》に何事か一生懸命話しかけている。彩蓮は最近、度々こういう場面に遭遇する。駿馬《しゅんめ》に乗っているので「駿馬の皇甫珪」などと呼ばれているからか、最近あの三十路《みそじ》はやけにもてるのだ。

確かに禁軍勤めだし、衣服は貞家で整えているので小綺麗《こぎれい》であるし、ちょっと奢《おご》るほどの小銭は持ち合わせている。吝嗇《ケチ》でもなく、酒もほどほどで、母は貞家の妾《しょう》であるから、面倒を見る必要もない。好条件といえば好条件であるが、あの瓜屋の娘とは初対面だろうから不思議だった。

彩蓮には三十路の汗臭い男にしか見えない皇甫珪が、他の女からすれば男盛りの精《せい》悍《かん》な武官に見えることが、まだよく理解できていなかった。それは見慣れてしまっているというのも理由の一つであるし、年齢差というのもあった。優しい忠義者であるという以外で、彩蓮が皇甫珪の魅力に気づいていないせいでもある。彼が彩蓮に振り向いてもらおうと一生懸命鍛え、六つに割った腹も、上腕の筋肉もまったく彩蓮の乙女心を動かさなかったし、彼がこつこつと、家を買うために貯めている金も彩蓮にとっては微々たるものであるので、興味もなかった。

とはいえ、髭面がちやほやされるのは、面白くなかった。

それが嫉妬《しっと》から出た感情であると、恋に慣れない当人は気づいておらず、ただなんとなくモヤモヤと胃袋の上あたりでするのである。

「お待たせいたしました」

彩蓮は大きな声で、瓜屋で娘に摑まっている皇甫珪を呼ぼうかと思ったが、その前に半分に切った瓜を買って戻って来た。

「そんなに買ったの？」

「おまけしてくれたのです。一緒に食べればいいでしょう」

「あ、そう」

豆飯が、ようやく彩蓮の順番になると、皇甫珪が彼女の代わりに金を払い、二人は、粗末な座についた。皇甫珪の手から盆を受け取ると、彩蓮は碗《わん》を卓に並べる。湯気がふんわりと上り、豆の香ばしい匂いが漂った。豆飯は麦と豆を一対一の割合で炊き込んだもので、沓陽の庶民の食事である。

「肉か魚のおかずは買わなくていいんですか」

「魚があればいいけれど」

豊かな明河《めいが》では鱧《らいぎょ》がよく獲《と》れるとはいえ、煮ても焼いてもいささか泥臭い。安いから沓陽では人気があるが、彩蓮はあまり好きではない。どちらかというと、小さな鰍《おいかわ》の方が好きだった。だが、売っている店は見る限りどこにもない。

「やはりおかずをもう一品買ってきます」

彩蓮にはこれで十分だったが、大男には、足りないのだろう。別の屋台から蒸し鶏《どり》丸々一羽を買ってくると、どんと大皿を置く。呆《あき》れるばかりの食欲である。

彩蓮は自前の箸《はし》を懐から取り出すと、豆をつつく。皇甫珪は素手で肉を細かくすると、見事にくの字になった屋台の箸で飯を掻《か》き込んだ。

「ゆっくり食べて。別に急いでいないから」

「はい。普通の速さです」

口いっぱいに頬張りながら言う皇甫珪。三十男というより子供だ。

彩蓮はちらりと彼を見た。

そして皇甫珪が、彩蓮が巫官《ふかん》になる試験を受けたいのをどう思っているのかと案じた。巫《かんなぎ》として、このまま働いて行くとなると、結婚はずっと先のことになる。皇甫珪はそれでもいいのだろうか。彩蓮はいつも何でも勝手に自分で決めてしまうきらいがあるが、流石に、その点は聞かなければならないと思っていた。

「あの――」

「はい？」

「聞きたいことがあるの」

彩蓮が箸を置き、神妙な顔になると、まるで避けていた話題を振られたかのように皇甫珪は苦笑いをした。

「どうしたのですか」

「巫官試験のことよ。どう思う？」

「彩蓮さまがやってみたいと言うのなら、俺は応援します」

「本当に？」

「もちろんです」

「でも本当は嫌でしょう？」

「どうしてそう思うのですか」

「結婚が延びてしまうわ」

「……彩蓮さまが舞姫になりたいと言っていたのは、本当はその先にある太祝になりたいからだということは以前から知っています。それを承知で結婚したいと言いました。ですから待つのは覚悟の上です」

　皇甫珪は、彩蓮の器に鶏のもも肉を追加した。

「さあ、どんどんお食べください」

「うん……」

　彩蓮は皇甫珪に申し訳ないと思った。

　でもそれ以上に、巫として一人前になりたいという思いが強い。貞家の一人娘というだけでちやほやされるのではなく、自分の実力で認められたいのである。「彩蓮さまは、そんなに頑張らなくとも、良き婿を迎えるだけでいいのですよ。それで御家は安泰ですから」と子供の頃から言われ続けたから、それに対する強い反発もあった。

「彩蓮さま」

　皇甫珪が意を決したように顔を上げた。

「うん？」

「俺もやってみようと思うのです」

　彩蓮は首を傾げる。

「何を？」

「禁軍で出世して将軍にまでなってみせます」

「将軍?!」

「彩蓮さまにふさわしい男でなければならないと思っているんです」

皇甫珪は部下を庇《かば》って禁軍を辞めたことがある。復帰して武官となったとはいえ、下っ端の下っ端。毎日、石像のように矛を持って宮殿で立っているのが仕事である。

それが将軍?!

皇甫珪が苦笑する。

「不可能ではありません。武官は実力主義です。武功を立てる機会はいくらでもあります。あの太子ですら、自分が王になるために足掻《あが》いているのです。俺だって男です。彩蓮さまに相応《ふさわ》しい志を持とうとずっと思っていました」

「皇甫珪――」

「高い志を持つ彩蓮さまは輝いています。俺もそうありたいのです」

彩蓮の目に皇甫珪が輝いて見えた。

人は皆、一つのところに留《とど》まることはできない。年月という風が、追い風にも向かい風にもなるからだ。そして人は、自分の描く未来と現実の狭間《はざま》で足掻き、苦しみ、足をすくめる。それでも、前に進むしかないと彩蓮は思う。それが尊い志を持つ者の生き方なのだ。しかし――

「ですから、俺は彩蓮さまとはもう接吻《せっぷん》しません」

「はい？」

いったい、それはどういう思考でそうなった？

「彩蓮さまが太祝になり、俺が将軍になるまで接吻はしません」

いささか飛躍しすぎではなかろうか。

「なんでそうなるのよ？」

「願掛けをしたのです。貞家の祀《まつ》る獣神の饕餮《とうてつ》さまに」

接吻するともっと先も望んでしまうからなのか、本当ににわかに信仰心に目覚めて誓いを立てたのか――。彩蓮は信じないとばかりに首を横に振って見せたが、向こうは至って真剣である。その顔がとても凛々《りり》しくて彩蓮は、思わず見惚《みと》れたけれど、せめて断りを入れてから願掛けして欲しかった。

「彩蓮さま」

「皇甫珪――」

「俺は必ずや、出世して彩蓮さまを――」

見つめ合った二人――男の指が卓の上にあった彩蓮の指と絡まり、ぬくもりが手のひらに伝わってくる――。

「皇甫珪……」

熱い男の視線――それは大人の魅力に溢《あふ》れていた――きっとこの瞳《ひとみ》こそ、瓜《うり》屋の娘に見えていたものだ。彩蓮は手を握り返そうとした。

「う？」

「何？」

それなのに、皇甫珪の目が「う？」という声と共に彩蓮から離れ、彼女の肩のずっと向こうを見たかと思うと、大男は、突然、大きく目を見開き、「わっ」と声を上げて椅子のまま後ろにひっくり返った。彩蓮は呆気《あっけ》にとられた。

「え？　ちょっと、何やっているの？」

「あ、あれ、あ、あれ、を御覧ください！」

地べたで、ぶるぶると震えている大男。本当に将軍になろうとしているのか？　彩蓮は呆れながら、彼の指差す方向を見た。

「何？　何もないけど？」

「下です、下！」

そう言われて彩蓮は、自分の視線をずっと下へ向ける。

「吾《あ》じゃ。吾じゃ」

「何か」が尻尾《しっぽ》を振りながら言う。目を凝らすと、のっぺりとした人面の獣である。老人のような顔をしているのに、中型犬ぐらいの大きさで、鹿のような角を生やし、長い舌が口に収まりきれずにべろんべろんと左右に揺れている。彩蓮は瞬《まばた》きをした。

「何かしら？」

「どう見ても妖《あや》かしではありませんか！」

相変わらず、怯《おび》える皇甫珪は抱きつくように柱の陰に隠れた。他の人には見えないらしく、怯える大男を不審そうに見ている。

彩蓮はこの不思議な生き物をまじまじと見た。明らかに動物ではない。かと言って妖かしかと聞かれると首をかしげてしまう。

「これはたぶん、鎮墓獣《ちんぼじゅう》ね。貞家が所蔵する『千妖百蟲絵図《せんようひゃっこえず》』にちゃんと絵付きで載っているわ」

「鎮墓獣？」

「陵を守る霊獣よ」

「れ、霊獣？」

「なんで皇甫珪に視えるのかしら？　そういうのが視えたことはないのに」

皇甫珪は悪霊の類《たぐい》でないことを知ると、そっと細い柱の陰から顔を出した。そして彩蓮が鎮墓獣の頭を撫《な》でるのを見ると、ほっと胸を撫で下ろす。確かに気味の悪い人面の獣ではあるが、尻尾をパタパタと振っているのは愛嬌《あいきょう》があるし、舌が出しっぱなしなのも間抜けに見える。それほど怯えるものではない。

「普通、お墓にいるものなのに、どうしてここにいるのかしら？」

「ついてきてしまったんじゃないですか。昨日、陵に行った時に」

「あ、ああ。きっとそれで呪われてしまったのね。だから皇甫珪にも見えるんだわ」

ちょうど都では結界の張り替え中である。結界のあちこちがほころんでいて、本来都の外にいるべき存在が、都の中に入り込んでしまったのだろう。彩蓮は納得して、鎮墓獣を見た。すると、獣はピンと尻尾を立てて言った。

「お主ら、陵に入ったな」

「怒ってついてきたの？」

「人聞きの悪い。お主らが吾を連れてきたのじゃ。腑《ふ》抜《ぬ》け者どもよ」

滑稽《こっけい》な風貌《ふうぼう》の割に、鎮墓獣は大仰な話し方をする。

とりあえず肉をと思い、鶏が乗った皿を地べたに置いてやると、

「吾は牛肉しか食べぬ」と宣《のたま》う。

「ここは庶民の市だから、牛肉はないわ。庶民は牛肉は祭りの時にしか捌《さば》かないから」

「ふん。仕方がないのう」

食べてやるくらいな雰囲気で皿に口を付けたのに、皇甫珪もびっくりするほどの勢いで肉を平らげている。ずいぶん長い間、何も食べていなかったのだろうか？　いや、そもそも霊獣はものを食べる必要があるのか？　そこのところ、彩蓮も初めて出会った墓守りのことはとんと分からなかったが、怯える皇甫珪をとにかく落ち着かせると、

席に座り直させた。

「鎮墓獣は、陶器や木で副葬品として人間が想像物として作ることもあるけれど、れっきとした墓守りの霊獣よ。普通は陵の前でじっとしているんだけど、墓荒らしがあって、主もいないし、行き場がなくなってついてきちゃったのかも。ほら、葬式でもあるでしょう？　霊を連れて来たって。あれと同じね」

「でどうするんですか」

「武曜王の御遺体を見つければ帰ってくれるかも？」

「かも？」

「知らないわよ。わたしだって鎮墓獣を見るのは初めてなんだから」

彩蓮は声を落とし、飯代が掛かりそうなものを拾ってしまった皇甫珪は巾着《きんちゃく》の中の金を数える。結局、皇甫珪は鶏を二羽追加で注文し、支払いは彩蓮がした。

「すみません。彩蓮さま」

「別にいいわよ。鎮墓獣はあなたについて来たのではなくて、わたしについて来たのだろうし」

「そうじゃ、そうじゃ」

気味の悪い人面の獣が尾を振りながら言う。まあ、可愛くない狗《いぬ》に見えないこともない。彩蓮は金の入った巾着を丁寧に縛ると、席を立った。

「行きましょう。盗品を捜さなくっちゃ」

日は中天にあった。

青い空が、一日の長さを語っていた。

5

市を抜け、裏通りに差し掛かると、皇甫珪は一人の男を見つけて、急に顔色を変えた。

「彩蓮さま。ここにいてください」

「え、ええ」

「絶対に動かないでくださいよ」

彩蓮はよく分からないまま、言われた通りに怪しげな肉を売る店の前で、鎮墓獣と共に立っていた。皇甫珪は、ずんずんと歩いて行き、一人のならず者の首根っこを摑《つか》み、振り向きかけた男の顔を殴った。

「あ、兄貴……」

皇甫珪の弟には見えないから、博打《ばくち》か何かの付き合いか。皇甫珪はそれを問答無用に彩蓮の方へと引っ張って来て、路地裏に連れ込んだ。

「お待たせいたしました」

「その男は何？　お友達？」

「お友達ではありません。禁軍を辞めた時に、自暴自棄になって一時期付き合いのあったちんけな奴です」

「へぇ。そんな付き合いがあったのね」

「付き合いというほどのものではありません。いかさま博打に誘われた程度ですから」

　つまりカモにされたというわけか。

　兄貴などと持ち上げられて、いい気になって金を巻き上げられた——全く情けない。でも、皇甫珪が部下を庇《かば》って上司を殴り禁軍を辞めさせられた後、ずいぶんとこの髭《ひげ》面《づら》がしぼんでいたと聞いているから、責める気にはなれなかった。

「挨拶《あいさつ》しろ。貞家のお嬢様だ」

「へい。江節《こうせつ》と申します」

　江節は、へこへこ頭を下げた。鼻の下にほくろのある日に焼けた軽薄そうな男である。

「兄貴にはお世話になっています」

「何がお世話だ。金を返せ」

「ちょ、ちょっと待ってください。あと三日。いや五日、くれれば――」

どうやら話は反対だったらしい。江は、皇甫珪にかなりの借りがあるらしい。いかさま博打をしたつもりが、逆に巻き上げられたのだ。貞家で働くようになって、博打で作った貸しを払わせるために、ならず者を追い回すのはよくないと思って、皇甫珪は放置していたらしい。

「この男は何？」

彩蓮は皇甫珪が今更金を取り立てるために男を捕らえたとは思えなかった。

「はい。盗品を捌く下っ端です。取るに足りない奴ですが、喬陽の盗品に関してはよく知っているのです」

「なるほどね」

彩蓮は腕を組んだ。

「知っていることを教えてちょうだい。昨日、墓の盗掘があったの。どこで盗賊を見つけられるかしら？　あと、副葬品を売りさばきそうな商人を知らない？」

「お答えしろ」

皇甫珪が、江節の首を押さえつける。彩蓮は続けた。

「皇甫珪に殴られるのと、わたしに呪《じゅ》を掛けられるのとどちらがいい？」

「困りますよぉ。そんなことを人に言ったと知れたら、俺はここにはいられなくなってしまう」

皇甫珪が男の顔を塀に押し付ける。

「この世にいられなくなるよりいいだろう？」

裏通りに店を構える者たちは見て見ぬふりだった。江節はこの通りの鼻つまみ者で、あちこちで盗むわ、売り子の女たちにちょっかいを出すわ、勝手に用心棒代と称して売上を持っていくわ、皆、恨みを持っている。江節が役人風の武官にとっ捕まっていても助けてやろうなどという気は誰も起こらないのである。

「さあ、言って。皇甫珪があなたの首を折ってしまうわ」

「……言えやしやせんや。こう見えても、おれは義理堅い人間で知られているんです。貫かないといけない信念つぅものがあります」

彩蓮は仕方なく、巾着から金《きん》を出して男の前に見せた。

「これでしばらく喬陽を離れたらどう？」

男が抵抗を止めた。

騎遼から礼として貰《もら》った金の一部である。田舎なら半年は暮らしていける。十分な礼のはずである。

「そういうことなら、なんでもお話しします」

先程まであれほど抵抗して義理を貫くだの言っていたくせに、金を見ると、男は手もみをして腰を曲げた。

「盗品を扱う賊と店を教えて欲しいの」

「墓荒らしなどとは、これでも付き合いがないのですよ、お嬢さま。墓から物を盗めば、墓の主に取り憑《つ》かれて死にますから。でも盗品を扱う店はいくつか見当がつきます」

「あくどいところを教えて」

「かしこまりました」

金さえ貰えればそれでいいらしい。皇甫珪の借金も帳消しになるし、一石二鳥で長年の付き合いの仲間などは、さっさと見限るのだろう。男は、三軒ばかりの店の名を書き、丁寧にも地図まで描いてくれた。

「行きましょ」

彩蓮は歩き出した。

盗賊がいつまでも景国内にいるとは限らない。

さっさと盗品を売って資金にすると、河を渡って淑国《しゅくこく》へ逃げてしまう可能性もある。騎遼が河の警備を厚くすると言っていたのは聞いているけれど、急いだ方がいいのに越したことはなかった。

「待て、待て、吾《あ》を忘れるな」

人面の獣が「吾、吾」と吠《ほ》えながら付いて来た。

「あれがそう？」

「はい」

江節に嘘をつかれたのか、始めの二軒はあくどい盗品屋だったが、副葬品までは扱っていないらしく、皇甫珪が締め上げて倉庫をひっくり返しても何も出てこなかった。最後の一軒は、まっとうな小間物屋で、主人も温和そうな好々爺《こうこうや》であるし、別段怪しいところはない。

「江節はあてにならないわね」

彩蓮たちは振り出しに戻った——と思った。

しかし、墓守りの霊獣は、鼻をピクピクさせて言う。

「臭うぞ！　臭うぞ！」

「臭うって何が？」

「臭うと言えば臭う！　愚か者！」

少し意思疎通に問題があるらしい。

皇甫珪が「大丈夫ですか、これ」と目配せし、彩蓮は首をすくめて見せた。

「ねえ、鎮墓獣。何が臭うのか教えてくれる？」

「獣の臭いじゃ！　気づかないのか、阿呆《あほう》！」

可愛くない獣は鼻をくんくんと動かして、地べたを歩く。そしてさんざん彩蓮たちに威張っておいて、店の真ん前につくと尻尾《しっぽ》を丸めて彩蓮の後ろに隠れた。

「妖《あや》かしじゃ！」

鎮墓獣は結界の張られた陵や墓地では強い力を発揮する霊獣であるけれど、雑念の多い都の真ん中で、妖かしに遭遇すると、弱いものらしい。彩蓮は通り過ぎるふりをして店の中を覗《のぞ》いた。

「どうでした？」

皇甫珪が聞く。

「見たところ普通の店よ。貴族のご婦人たちが数人、中で釵《かんざし》を見ていたわ」

「彩蓮さまは何も感じたり、臭ったりしないのですか」

「わたしは半人前だし――上手《うま》く正体を誤魔化している高等な妖かしを見つけることは難しいわ。でも鎮墓獣が妖かしだと言うのなら、信じるには値すると思うの」

彩蓮たちは店の裏手に回った。

そこでは、荷車に何かを積み込んでいるところだった。一人の担夫が重心を崩し、持っていた箱を落とした。中から出てきたのは、貝貨《ばいか》――。貝貨は景国内でのみ流通している貝の形をした銅貨で、妖かしの多くが使う通貨である。店の主人と思《おぼ》しき鷲《わし》鼻《ばな》の男が、担夫を叱責《しっせき》する。

「箱は五箱です」

「かなり高額ね。怪しいわ」

「怪しい！　怪しい！」

彩蓮に鎮墓獣も同意する。皇甫珪が慎重に言った。

「跡をつけましょう」

「ええ」

荷車は駄馬に繋《つな》がれ、ゆっくりと動き出した。馭者《ぎょしゃ》の他に警備の男が、二人おり、どちらの腰にも剣が吊《つ》り下がっている。兵士というより、街のごろつきといった風体の男たちだった。

「どこに行くのでしょうか」

荷車は問屋街を離れて、都のずっと南へと向かっていた。静かな士《し》大夫《たいふ》たちの家々を通りすぎ、商家の別宅が並ぶ地域にたどり着く。人通りは少なく、店が並ぶ大通りから二本入った道だった。

「あの屋敷みたいね」

小柄な彩蓮の背丈ほどの塀のある屋敷が一つあった。屋根は瓦《かわら》ではなく、茅葺《かやぶ》きで、庭木も綺麗《きれい》に管理されている。楚々《そそ》とした趣味の良さを感じる建物であり、成金の商人の持ち物には見えない。蔵が三つに母屋が一つ、納屋がある。

「忍び込みますか」

「待って。誰か来る」

彩蓮は塀に身を隠した。

現れたのは駿馬《しゅんめ》。そしてそれに跨《また》がる笠《かさ》を深く被《かぶ》る男。綿の衣で身分を窶《やつ》しているが、それなりの地位にある者だろう。下馬する身の動きが俊敏で、隙がない。巫覡《ふげき》かもしれないと彩蓮は思った。

「それは奥に運べ」

二人は裏手に回ってみた。むろん高い塀なので、彩蓮は、足を皇甫珪の肩にまず置き、それから頭や顔に置いて塀をよじ上る。

「参りましょう」

華麗に塀に上った大男の額に彩蓮の靴の痕《あと》が残っていた。妙に間抜けだが、教えてやる気にもならなくて、彩蓮はさっさと塀から飛び降りた。

「人が住んでいる様子がないですね」

皇甫珪の言う通り人の気配はない。これだけ立派な家だから住み込みの使用人が二十人ぐらいいてもおかしくなさそうなのに女の姿はどこにもなく、代わりに見張りの男たちの姿がある。それもごろつきとは違う、姿勢も正しく矛を持つ訓練された兵士と思しき者たちである。

「彩蓮さま、あれをご覧ください」

皇甫珪が、笠の男が立ち話をしている相手の男を指さした。

「あれは小間物屋ね」

「はい。間違いありません」

彩蓮は鷲鼻を思い出す。荷は蔵に入れられて厳重に鍵《かぎ》が掛けられる。

「あそこが怪しいですね」

「そのようね。錠を開けられる？」

「やってみないと分かりません」

彩蓮は皇甫珪に自分の釵を渡した。

「壊したら承知しないから」

「難しい注文です、彩蓮さま」

男はそう言いつつ、胸の中に彩蓮の釵をしまった。そして眼を鋭くさせて見張りを見る。小柄な男が二人で、皇甫珪にとっては気を失わせるのは楽な仕事だろう。だが、まだ日は高い、わずかな物音や気配で周りに気づかれる恐れは大いにあったし、門の方へと歩いていく笠の男と店の主人が戻ってくる可能性もあった。

「ここにいてください」

「分かったわ」

皇甫珪は、左右を見回すと、さっと姿を消し、一人目の首を絞め倒したかと思うと、二人目が騒ぐ前に肘《ひじ》で顔面を殴って気を失わせた。素早い見事な動きである。しかし巡回していた見張りの少年にそれを見咎《とが》められた。すぐに危険を知らせる声を少年が張り上げ騒いだから、わらわらと人が集まって来た。

彩蓮ははらはらした。笠の男に気づかれたらやっかいだからである。彼はかなり腕が立ちそうな様子だった。運がいいことに、笠の男はちょうど帰る支度を終え、轡《くつわ》を取って門の前に行ったところだった。そして門番に何かを言いつけているので、屋敷の裏手の騒ぎにまだ気づいていない。彩蓮はダメ元で髪からもう一本の釵を引き抜くと、錠の中にそれを差し入れた。

「開いて」

しかし錠前破りなどしたことがない。がちゃがちゃと錠を揺するばかりで何の手応《てごた》えもない。

「力任せにしても開きません」

そこに五人片付けた皇甫珪が息を切らせてやってくる。そしてあっという間に一つ目の錠を開けたが、二つ目はなぜか手こずる。

「もたもたしないで」

「ちょっとお待ちを」

「気づかれるわ」

「急《せ》かせないでください」

彩蓮は笠の男が見えるところまで走ってみた。彼は見送りが少ないことを訝《いぶか》った様子であたりを見回していた。しかし、先を急ぐのか屋敷の裏での騒ぎに気づかないいま小間物屋に一言二言言うと、手綱を取った。

「開きました」

「でかしたわ」

彩蓮は、皇甫珪が戸を開けると、飛び込むように暗い蔵の中に入った。斜めに差し込む光に照らされていたのは、宝石を入れる漆の黒と朱の木箱の山である。それは蔵の天井まで積み重ねられている。

「開けてみましょう」

「はい」

一つの箱を開けてみた。

目もくらむような曇りのない翡翠《ひすい》の腕輪がいくつも入っている。次の箱には金の首飾り。玉《ぎょく》で出来た埋葬用の日常具もある。前王が生きていた時に日常に使われていたものだと思われた。

「証拠にこれを持ち帰り、ここの見張りを一人捕らえましょう。貞家の無実はそれで晴れるはずです」

「ええ」

しかし、階段をゆっくりと上がってくる足音がした。人の影は彩蓮が振り返る前に戸の前で止まる。息を飲んだ彼女は、身構えて動くことができなくなった。戸を開けたのは小間物屋の主人だったのだ。

「ここで何をしている」

男の濁声《だみごえ》が暗い蔵の中で響いた。

「それはこっちの台詞《せりふ》だわ。これはみんな、武曜王の墓から持ち出したものでしょう」

彩蓮は臆《おく》することなくそう言ったが、弓を引いた兵士たちが蔵の入口を囲み、あっと言う間に行き場がなくなった。

6

蔵の中は戸が閉められると真っ暗になった。

皇甫珪は何度も戸を破ろうと体当たりしていたけれど、無駄なあがきだろう。鍵までしっかりする音がしたから、戸を破るだけでは開けることはできない。

「窓はある？」

彩蓮が尋ねると、皇甫珪の首が建物の壁をぐるりと一周した。

「あそこに一つ」

彩蓮はすぐに木箱を積み重ね始めた。段差が高くなると皇甫珪が重ね、彩蓮はそれをよじ上る。背丈の高い髭面《ひげづら》が、背伸びしてどうにか届くほどの高さにある窓は、長い年月忘れ去られていたためか、木の枠がゆがんでなかなか開かなかったが、力任せに二人で引っ張ると、横にずれて、わずかに親指の長さぐらい開けることができた。

「逃げ出せませんね、それじゃ」

「助けを呼ぶには十分よ。騎遼に文を書いてコウモリに持たせましょう」

「それは良い考えです」

彩蓮はいつも持ち歩いている筆で絹の端切れに文字を書いた。眠そうなコウモリを使役させ、文を足に結びつけて飛ばす。

「騎遼がコウモリに気づくといいのだけど」

「大丈夫です。太子はそういうところ、抜かりない人ですから」

「待つしかないわ」

そして彩蓮は木箱のてっぺんで足を組んでずっと辛抱したが、熊のような大男、皇甫珪は狭く暗い蔵の中を行ったり来たりしていた。なかなか助けが来ないのに苛立《いらだ》っているのだろうが、正直うっとうしい。彩蓮は男の後頭部をつま先でこづいた。

「少し落ち着いたらどう？」

「迎えが遅すぎます。こんな汚いところにいたら彩蓮さまが病気になってしまいますよ」

「病気で済めばいいのだけどね」

相手は妖《あや》かしだ。

人間に上手《うま》く化けているが九尾狐の類《たぐい》に違いないと彩蓮は見ている。九尾狐は九つの尻尾《しっぽ》を持つ化け狐で、狡猾《こうかつ》で知力も霊力も高い。危険な相手である。

彩蓮は箱の山から飛び降りた。

「確かに、助けが来るのが遅すぎるわね」

少しばかり開いた窓から空を仰げば、日は西に傾き始めている。

「逃げる算段を考えなくっちゃ」

「窓をぶち破りましょう」

彩蓮は頷《うなず》くと自分も上着を脱いだ。

「九尾狐め。覚えていなさい。わたしを閉じ込めたことを絶対に後悔させてやるわ」

拳《こぶし》を握って土壁を叩《たた》いた。

すると驚いたことにそれはわずかに崩れた。古い蔵は、土壁が脆《もろ》くなっていたのである。彩蓮は皇甫珪に手を差し出した。

「剣を貸して」

彩蓮は皇甫珪が命より大事だという剣を取り上げると鞘《さや》で壁を叩いた。案の定、蔵の壁はどんどん穴を開けていく。

「ほら、やって」

「何か農具はありませんか」

皇甫珪はあたりを見回したが、彼の剣より堅そうなものはなかった。仕方なしに皇甫珪は武人の魂で土壁を削って、最初にできた小さな穴から外を窺《うかが》う。

「見張りはいるようですが、数が減りました。店主がいません」

「建物の中かもしれないわね」

「はい」

彩蓮は、箱の中からいくつか宝石を袖《そで》の中に入れた。証拠を持っていなければ、言い逃れられる恐れがある。

「まだ？　皇甫珪」

「もう少しお待ちを」

「吾《あ》がやって進ぜよう！」

そこに現れたのは鎮墓獣である。一体今までどこにいたのやら。まったく神出鬼没である。

地下に住む墓守りは、穴掘りが得意らしい。皇甫珪の前に行くと、猛烈な速さで前足と後ろ足を上手に使って壁の下の土間の土を掻《か》き出し始めた。

心は焦るばかりだが、土は途中から硬くなり、石ころも交じるようになって作業は思うように進まない。彩蓮は僅《わず》かな窓から空をみあげた。

――ここから早く逃げないと。

人が一人通れるぐらいの穴が一つ出来たのは、日が陰り始めた頃で、その頃には見ていた彩蓮も手伝って泥だらけになっていた。

「彩蓮さま。なんとか人間が通れるほどの穴は作れました」

「あなたは通れるの？」

皇甫珪にはいささか小さいように見える。

「人間なので大丈夫です」

「熊かと思っていたわ」

彩蓮は穴から外に出ると、自分たちが屋敷の塀と蔵の壁の間にいることを確認する。まだ見張りは彩蓮たちが脱出したことに気づいていない。

皇甫珪がそろそろと近づいて一人を羽交い締めにして気を失わせ、彩蓮はもう一人の背中にすかさず札《ふだ》を張って一瞬だけ動きを封じる。彩蓮には強い霊力はなく、人を金縛りにすることなどできないが、一瞬なら、なんとか力を封じることはできた。皇甫珪がその隙に顔面に拳を入れて完全に立ち上がっていられなくすると、二人はもう一度あたりを見回した。

「どうしますか」

「計画はないの？」

「俺は店主を捕まえに行きます」

「じゃ、わたしはその間に書き付けか何か、証拠になるものがないか探すわ」

「了解しました」

彩蓮たちは物音を立てないように、素早く建物へと走った。皇甫珪はどんなに静かに仕事をしようと思っても手練《てだ》れの見張りを、騒ぎを起こさずに捕まえることはできないだろう。彩蓮は短時間に証拠を見つける必要があった。

「じゃ、気をつけて」

「彩蓮さまも」

少し前の皇甫珪なら彩蓮を一人にはしなかった。でも、今は信頼してくれている。

彩蓮は走り出した。鎮墓獣が鼻をピクピクさせてこっちに来いと合図する。

「さあ、どこに隠した？」

彩蓮は無人の部屋に滑り入った。そこは男の書斎で、見事な硯《すずり》が置いてあることから して、主《あるじ》の財力が窺える。あの笠《かさ》の男の部屋かもしれない。

——店主の部屋かしら

その割に文人好みの誂《あつら》えだ。墨も上等なものを使い、筆も綺麗《きれい》に手入れされている。

彩蓮は棚の引き出しから、漆の文箱《ふばこ》を引っ張り出した。鍵《かぎ》はこっそり開ける術《すべ》など知らないから、主が大切にしているだろう硯で叩き開ける。音で周りに気づかれるかと思ったが、予想通り、皇甫珪が騒ぎを起こしたから、こちらにやってくる者はいない。

彩蓮は箱を開けてみた。

みっしりと絹に書かれた文がある。買い付けた品物の目録である。探せばきっと盗賊から買った品も載っているはず。彩蓮は書き付けを必死に探すと、一際豪華な品々の名を記した商品の目録が見つかった。

「罪はこれで確定ね」

彩蓮は持てるかぎりを懐にしまうと、窓から外に出た。

皇甫珪は相変わらず騒ぎを大きくさせている。心配ではあるけれど、一級の武人である彼が逃げ切れないはずはない。皇甫珪が彩蓮を信頼してくれたように彩蓮も髭面を信じることにした。

「さてどうやって逃げよう」

彩蓮はあたりを見た。

背の低い彼女には皇甫珪の助けなくして塀を乗り越えられそうにはない。

しかし、彩蓮は運がいい。

薪《まき》の山が塀の横に積み重ねられていたのである。しめたと思った彩蓮は勢いを付けると一気に薪を駆け上った。そしてまんまと塀の一番上に飛び移ることができて、少し得意になって前庭の方を見れば、皇甫珪が七人を相手に苦戦していた。

「まずいわね」

彩蓮は助けてやる気はなかったけれど、札を取りだして中指と人差し指の間に挟み呪《じゅ》を唱える。

「皇甫珪を助け給え」

投げた札は、宙で小刀のように鋭くなって、二人の男の腕を切り、もう一人の頬を鋭く傷つけた。皇甫珪はその隙に肘《ひじ》で一人を、足でもう一人を、剣で三人目を片付けると、息を整えながら、あと四人に対峙《たいじ》する。

彼ならあと四人ぐらいなんとかできる。

彩蓮はそれを見届けると、塀を跨《また》いで飛び降りようとした。それなのに――

「どこにいかれますか」

「お前は……」

「狐雲《こうん》と申します」

　壁の向こう側には既に小間物屋、狐雲の手の者が回り、皇甫珪を見れば、裏門から押し寄せてきた兵士たちにあっというまに囲まれてしまった。その先頭にいるのは、先程いた笠の男である。

　昇り始めた月が屋敷の東側をぼんやりと照らす。嘲《あざけ》るような笑みに兵士たちの武具の音。

　皇甫珪は跪《ひざまず》かされ、彩蓮は塀から下りるようにいくつもの矛でつつかれた。

「仲良く死ねるのだ。幸せだろう？　せっかくだから身分の違いで結ばれなかった悲恋の末の心中に見せかけてやろう」

「ふん！」

　皇甫珪の隣に座らされた彩蓮は最後まで威厳を失うまいと肩を反らす。

「絞首がいいだろうね」

　残忍に九尾狐の店主が指定する。兵士の一人がニタニタと楽しむように縄を手に近づいてきた。皇甫珪がくそったれと口汚く罵《ののし》ったが、相手は口の端を上げて薄ら笑っただけだった。

　彩蓮は瞳《ひとみ》を閉じた。

もうこれまでだ。

救いは皇甫珪と一緒にいることだった。彼となら黄泉路《よみじ》さえも恐くない。結婚することは叶《かな》わなかったけれど、死を共にするのだから、夫婦であったのと変わらない。

彩蓮は大好きだと彼に言う代わりに、ぎゅっと大きな手を握った。彼もまた強く握り返してくれた。

「やれ」

九尾狐が指示を出した。

縄は二人の首に巻き付けられ、男の手に力が入った。苦しい。彩蓮は手で首を掻くようにあがいたが、逃れようはなかった。意識は遠のき、握っていたはずの皇甫珪の手を離してしまう。「大好きよ、皇甫珪」それを言葉にできないことが悲しくてならない。

しかし――。

「待て！」とそこに涼やかな声がした。

かすむ目でようやく見れば、それは騎遼ではないか。

彼は颯爽《さっそう》と馬上から兵士たちに、九尾狐とその一味を捕らえるように命じると、自らも剣を抜く。彼のことがかっこよく見えたのは彩蓮だけではなかっただろう。皇甫珪も羨望《せんぼう》の瞳で彼を見上げていた。

「彩蓮！　皇甫珪！」

騎遼はすぐに彩蓮に気づき、馬の腹を蹴《け》って駆けつけ、彩蓮の首を絞めていた男の背中を剣で刺した。手が離された彩蓮は肺の奥から息を吸い、背を揺らして這《は》いつくばる。

それを見た皇甫珪は頭突きして自力で相手を倒すと、縄抜けした。

「受け取れ、皇甫珪！」

騎遼が剣を投げ、片腕の武官、皇甫珪が器用にそれを受け取った。先ほど首を絞められて殺され掛けていたとはとても思えない大男の動きはあたかも鎖が外された獣のようだった。

「彩蓮」

「騎遼、証拠よ。持って行って。埋葬品は蔵の中よ」

「ああ」

彩蓮から手渡された証拠の数々を騎遼は胸にしまうと、馬首を返してそのまま逃げようとしていた笠の男に矛を投げた。しかし、すれすれにそれはかわされ、仕留めることはできなかったが、それでも腕に怪我を負わせることには成功した。

「捕らえよ！」

騎遼は低い声でそう命じ、連れてきた五百あまりの兵士らが九尾狐らを捕らえた。

「王族の陵を盗掘するとは、天を恐れぬ大罪だ」

「待て、待て。わしらは、盗掘はしておらん。商品を受け取っただけで、盗んではいない！」

「そういう話はあとでゆっくり聞こう」

騎遼は兵士たちに縄を掛けるように告げた。連れて行かれる店主と護衛たち。しかし、いつの間にか笠の男の姿は消えてしまった。顔を確かめることもできなかった。あの男こそが盗賊だったのかもしれないというのに──。

彩蓮は疲れを感じて、地に片膝《かたひざ》をついた。皇甫珪が駆け寄り、彼女の背を撫《な》でながら、顔を見る。

「どうされたのです。痛むところがあるのですか」

「怪我はしていないわ。ただちょっとお腹が空《す》いただけよ」

強がって言うと皇甫珪が安堵《あんど》の微笑みを浮かべた。

「よかったです、彩蓮さまがご無事で」

「後悔しそうだったわ」

「？」

「いろいろ、言いたいことを言いそびれてしまいそうで」

「何をですか」

「例えば──」

そこまで言って彩蓮は口を噤《つぐ》んだ。まだまだ生きられると知れば、今度でもいいことだ。好きとかそういう気恥ずかしいことは死の間際こそ相応《ふさわ》しい。

「別にいいでしょ」

「何か大切なことを言いたいのかと思いまして」

大男は首の後ろを掻《か》き、何か情熱的な言葉を探しているようだったが、口下手な男には無理な話だ。

代わりに口先だけの騎遼が彩蓮の横に膝を折った。

「ああ。君が無事で何よりだ。助けに来るのが遅くなってすまない。彩蓮に何かあったらと思うと、俺は正気ではいられなかった」

「あなたが来なかったらと思うとぞっとするわ」

男の手が髪を撫でて慰めたが、彩蓮はそれを無視して立ち上がった。見れば、騎遼の部下たちが縄を掛けた九尾狐たちを家畜のように引いて行くところだった。

「九尾狐を連れて行くのね」

「俺はこの証拠と捕らえた者らを連れて宮殿に帰るけれど、君はどうする？」

「わたしは家に帰りたい」

「疲れているんだね、彩蓮」

騎遼は同意し、皇甫珪に頷《うなず》いて見せると、罪人を連れて宮殿へと帰って行った。残ったのは髭面《ひげづら》大男の皇甫珪と彩蓮、そして鎮墓獣。

「鎮墓獣。明日陵に送っていくわ」

鎮墓獣が顔を横に振った。

皇甫珪が代わって言う。

「まだ御遺体が見つかっていませんし、小間物屋の九尾狐の言うことが本当なら盗賊は別におります」

「関与した覡《かんなぎ》だってそうよ……」

鎮墓獣は、しっぽを垂れ、彩蓮は月が皓《こう》と輝くのを見ると、秋が近づいてきたのを感じた。


「王からの褒美だよ、彩蓮」

騎遼がずっしりと重そうな何かを持って現れたのは、一月後のことだった。

「何?」

「開けてごらん」

彩蓮は皇甫珪と二人がかりで大きな箱の蓋《ふた》を開ける。

「これは——」

中にあったのは、ぎっしりと詰まった金の延べ棒である。これだけあれば、都の一等地に屋敷を一つや二つ、いや、三つや四つ買うことができる。

「こんなにもらっていいの？」

「もちろん」

「でも」

「王はとてもご満悦だった。彩蓮がまた手柄を立てたとね」

完全に口止め料である。騎遼は皮肉に笑った。

「何かわたしに隠していない？」

「隠す？」

「あなたはいつも必ず大切なことを隠している。今回も隠しているってわたしの勘が言っているのよ」

騎遼は扇の中に唇を隠した。

「隠すってほどのことじゃない。九尾狐一味は捕らえられ、宮殿の牢《ろう》に入れられたが、間もなく皆死んだ」

「まあ！」

「牢は過酷だからね。何が起こるか分からないんだよ」

「陵が荒らされたことを隠すために、あなたが殺したのではなくって？」

彩蓮は咎《とが》めるように言った。

「前王の御遺体はどうするつもり？　まだ見つかってないのでしょう？」

「見つかったさ。河原に放置されていた。錦糸《きんし》の衣を着ていたからすぐに分かった。既に陵に埋葬し直されている」

「本当に前王さまなの？　顔は分からないじゃない。適当な死体かもしれない。盗掘の賊のことはどうするの？　見つけないと浮かばれないわ」

「俺は君のそういうところが好きだ。中途半端な良心で、政治のことを分かりもせず、ただ思うままに疑問を口にする」

彩蓮は口をぐっとつぐんだ。

「でも、だから君といると忘れかけた感情を思い出す。君は俺にとってとても大切な存在だよ、彩蓮」

彩蓮は「わたしは」と反論しようとして止めた。騎遼はたぶん軽い気持ちで言ったのではない。だからこそ彼の瞳《ひとみ》は真剣に彩蓮を見ている。

「金《きん》は受け取れ。受け取らなければ、きっと王は君にさえ不信を抱くだろう。身を守りたければ、金を貰《もら》って嬉《うれ》しそうな顔をするんだ。それが賢いやり方で、生きていく術《すべ》ってやつだ」

「騎遼」

「王は猜疑心《さいぎしん》が強い人だ。目を付けられるな」

九尾狐たちは王によって殺されたのだろうか。それならば、彩蓮が差し出がましく何かを言うことではない。

「でもこんなにお金があってもわたしには使いようがないわ」

「皇甫珪に官職でも買ってやれ。これだけあれば要職が買える」

「そういうの好きじゃないし、皇甫珪だって実力でなんとかしたいと思っているわ」

「要求の多い女だな、君は。金は穴でも掘って埋めておけばいいじゃないか。そのうち使い道が見つかるさ」

彩蓮は眉《まゆ》を情けなく寄せた。大金を貰えば以前は嬉しいと思っていたけれど、今は恐いという感情の方が先にくる。騎遼は彩蓮の瞳に根負けしたように肩を下げた。

「分かったよ、彩蓮。君は善良な娘で荷車一杯の金など必要ないだろう。今度行う施与の資金に紛れさせよう。ただ全額ではない。幾分でも君は報酬を得るべきだ。でなければ、俺は君に次の仕事を頼めない」

「次なんてないわ」

彩蓮はそう言ったが、語尾はしっかりしたものではなかった。皇甫珪が彩蓮の代わりに盆に載るだけの金を受け取り、あとは騎遼に託すことにした。騎遼がどんな使い方をするかは天のみぞ知る。それでも約束通り、施与の資金にしてくれたらいい。

「良かったのですか、彩蓮さま」

騎遼が帰ると皇甫珪は多少後ろ髪を引かれている様子で金の入った箱を見送った。

「よかったのよ。逆に欲張ると、運が逃げていくと思うし、お父さまに見つかったらどやされるわ」

彩蓮は窓際でいびきを掻いて寝ている自己主張の強い人面の霊獣を見た。どうやら貞家に居着くことにしたらしい。彩蓮はそっとその頭を撫《な》でた。「いい夢を見てね」

背中を撫でてやり、不細工な人面獣がなんとなく可愛く見えてきた時、廊下をパタパタと走る音がした。顔を見ずとも分かる。小春《しょうしゅん》だ。彩蓮のお下がりの靴が少し大きいのも構わずに、気に入ったのかいつも履いていて、特徴的な足音を立てるのである。

普段、彩蓮の私室の掃除や片付け、小間使いをしている少女が一体何を慌てて母屋の客間までやってきたのだろう。

皇甫珪が立ち上がって、戸を開けてやった。

「どうしたの、小春」

少女は戸口で突っ立ち、涙を一杯溜《た》めていた。

「わたし、わたし……」

涙のせいで息が上がって言葉が出てこない。代わりに鍵《かぎ》が壊れた彩蓮の宝石箱を見せた。

「壊してしまったの？」

「違います！」

少女はそこだけははっきりと言い、追いついて来た小真が涙を流している妹に代わって宝石箱を彩蓮の前に置いた。

「妹がいない間に宝石箱の鍵が壊されていたんです。中身がなくなっていないか確認してください」

小春は、彩蓮の部屋を掃除する時間だったのに、「子猫を見よう」と近所の子供に誘われて掃除をさぼったのだという。その間に誰かが部屋に入って宝石箱を壊した。気の毒な少女は自分のせいだと思ったらしい。

彩蓮は小春を抱きしめた。

「心配いらないわ」

「でも彩蓮さま。わたしのせいです。わたしがちゃんとしていれば――」

「そんなことはない。この屋敷には霊物《モノ》が住み着いているから、きっとその仕業だわ。ずる賢い霊物がきっと悪さをしたのよ」

「そうでしょうか」

「そうよ」

彩蓮が片目を瞑《つぶ》って見せると、少女の顔に笑みが戻った。

「泣かなくていいわ。台所に行って何か食べてくるといいわ。美味《おい》しいものを食べて少し休んで、小春」

「はい、彩蓮さま」

小春はそう言うと、小真と一緒に部屋を後にした。

「本当に霊物の仕業ですか？」

広い部屋で皇甫珪が声を潜めて言った。彩蓮は呆《あき》れた顔をする。

「そんなわけないでしょう。これは明らかに人間の仕業よ」

そして彼女は目の前にある黒曜石のように美しい漆の箱に対峙《たいじ》する。銅の錠は古いものを示すかのように青く曇っているが、無残にも強い力で曲げられていた。彩蓮はゆっくりと宝石箱を開けた。

「やられたわ」

「何を盗《と》られましたか」

彩蓮は箱を皇甫珪に見せた。中には溢《あふ》れんばかりの玉や金で出来た装飾品がある。どれも高価で中には王からの下賜品もあった。でも一番、大事なものがない。

「玉蟬《ぎょくせん》だけがなくなっているの――返さなければいけないものなのに」

さっと寒気が二人の背中を走った。

第二章　白い亀

1

糸雨の煙る景国の都――。

色づき始めた秋の葉が雨の雫《しずく》を集めて首を弾ませた。

貞彩蓮は薄絹の付いた笠《かさ》を少し傾けた。長い石段の上にあるのは、荒れ果てたあばら家の門である。そこに一人、銀髪の男が雨宿りしている。粗衣を纏《まと》っているが、涼やかな面《おもて》はその品位を隠しきれておらず、遠目にもそれが、この国の次の王、太子騎遼であることが一目で分かる。

「あれこそが、水も滴るいい男ってヤツでしょう」

息を切らして階段を上る彩蓮の背を押す髭面《ひげづら》の皇甫珪が言った。

騎遼にも彩蓮たちの姿が見えたのか、扇を少し持ち上げて見せた。夏はとうに過ぎたというのに、持ち歩いているところが風流人である。落ち着いた彼の魅惑の微笑みは、いつも冷たい瞳をしているけれど、彩蓮を映すとやや明るさを表した。

そして彩蓮が、石段の最後の一段を上り切ると、騎遼は雨に濡《ぬ》れるのも構わずに彼女の前に立った。

「彩蓮、相変わらず美しいな」

「よく言うわ。顔も見ずに」

ふんと鼻を鳴らしてお世辞をあしらうと、男の手が薄絹をめくり、冷えた彩蓮の頬を撫で、目と目が合わさった。

「悪かった。急に呼び出して。それに世辞ではない。君の姿は遠くからでも美しかった」

「別に……いいわよ」

「怒っているのか」

「怒ってなんてない」

「顔が見られてよかった。ずっと会えなかったから――」

きっとここだけ切り取れば、それは恋人同士の逢《あ》い引きに見えることだろう。が、ごほんごほんと無粋な咳《せき》払いがする。忘れてはならない彩蓮の護衛兼、婚約者の皇甫珪である。彩蓮は慌てて色男に掴《つか》まれていた手を引っ込め、騎遼は冷たい視線で微笑んだ。

「禁軍は人手が足りないそうではないか。こんなところで遊んでいていいのか」

「ご心配なく。十六連勤明けの休みの日です」

胸を張った皇甫珪。しかし太子はそれをするりと無視して、傾いた門を押すと、

「さあ」と彩蓮をあばら家に誘う。彼女はあたりを見回した。黒馬が一頭いる他に人影がない。

「まさか、あなた一人で来たんじゃないでしょう？」

「そのまさかだよ、彩蓮」

彩蓮は瞠目《どうもく》した。次の王が宮殿から供もつけずに外出などありえない。

「のっぴきならないことが起きたんだ」

彼の声はわずかに震えていた――。

「亀《かめ》?!」

あばら家の軒先で、彩蓮は素《す》っ頓狂《とんきょう》な声を上げた。

冷徹な策士、太子騎遼をのっぴきならない事態に陥れているのが、亀だと言われれば誰でもこんな間の抜けた大きな声を出してしまうだろう。

「声が高い。君の声はよく通るのだから気をつけてくれないと」

「ごめんなさい」

彩蓮は口を両手で押さえる。そして太子に進められるまま腰掛けた。雨は急に激しくなり、ひっくり返った瓶《かめ》の上にぽたりぽたりと滴り、その音が、手入れの行き届かない庭の草木の中に吸い込まれていく。

騎遼は彩蓮の直ぐ横に腰掛けると声をさらに低める。

「王が飼っている亀が行方知れずになったんだ。それで百人あまりが捕らえられた」

「たかが亀一匹で百人も？」

「たかが亀ではない。賢君が善政を敷いた時のみ現れるという白い亀だ。手足や頭のみならず、甲羅までが白玉《はくぎょく》のように白く輝いていたらしい。前王より父上が引き継いだいわば王の象徴《き》がいなくなったんだ。大騒ぎになっても不思議ではない」

騎遼がまっすぐに彩蓮を見下ろした。

「すでに拷問が始まっていて、疑わしい者は侍女も宦官《かんがん》も武官も皆、捕らえられている」

「でもなぜあなたがそんなに困っているのよ」

「それは、犯人はどうやら俺らしいからだ」

「らしいからだってどういうこと？」

「でっち上げられている。すでに俺の侍女が俺の指示で盗んで食べたと自白しているんだ」

「まあ……」

「そこで彩蓮に捜査を頼みたいと思って呼び出した。白い亀は瑞兆《ずいちょう》で霊獣だ。君の領域だろう？」

　これは確かにのっぴきならぬ事態である。王の象徴を盗んだとなれば王位を奪おうとした謀反の罪さえ問われかねない。

「今のところ箝口令《かんこうれい》を父上が敷いているから知る者は内廷周辺に限られているけれど、それも時間の問題だろう。臣下たちもすぐに嗅《か》ぎつける」

　いつものように「后《きさき》にしてやる」などという冗談を言わないところを見ると、どうやら本当に切羽詰まっているらしい。そうなると困っている人を見ると黙っていられない彩蓮が、口を開きかけた。しかし横に立っている大男が全力で「否と言え」と何度も片目を瞑《つぶ》って見せる。

　しかし──

　眉《まゆ》を八の字に曲げている騎遼を見て、どうして見捨てることなどできようか。彼は彩蓮にとって数少ない友人であるし、彼にとってもそうであるはずである。ただし、前科がある男には一応、先に聞いておかなければならないことがあった。

「本当にあなたではないのよね？　亀を盗んだのは」

「彩蓮。俺がそんなに迷信深いように見えるか？　亀なんぞ白くても黒くてもただの亀だ。すっぽんならまだしも、俺は、亀は盗まないし食べもしない」

この男の性格を考えれば確かにそうだろう。彩蓮は顔を上げた。

「分かった。協力するわ」

「そう言ってくれると思っていた」

いつも冷静沈着な彼が少しほっとした面を見せた。斜め後ろに立っている皇甫珪が、がっくりと肩を落としたが、彩蓮は気づかぬふりをした。なぜなら太子騎遼がここに一人で来たことからして周囲に信用できる者がいないので孤立しているのが推察できるからである。

彩蓮はそして腕組みをする。一体、誰が、何の目的で亀を盗んだのだろうかと。

「それはもちろん、俺を嵌《は》めるためだろう」

敵が多すぎる太子は疑うことなく答える。

「そうね。あなたくらい敵の多い人はいないものね」

「これは怪しい者の一覧だ。皇甫珪が顔と名前はだいたい知っているだろう」

渡された絹には、名前がざっと三十名ほど書かれていた。王の側近から重臣、弟たちの名前、後宮の后たちのものまでずらりと並ぶ。

「呆《あき》れるわね。よっぽど恨まれるようなことをしているのね」

「俺は存在するだけで疎まれる。俺が何をしようと関係ないさ」

「それで？　わたしはどうやって調べればいいの？」

「宮廷で宮女のふりをして欲しい」

「ふりなんてできるかしら」

「今、王の周りでは百人もの宮女と宦官が囚《とら》われている。君は臨時に王の寝所のある正寧殿《せいねいでん》で仕えることになったということにする。それなら怪しまれないし、非常事態だ。少しぐらい宮廷作法を知らなくても、目をつぶってもらえる」

「ならいいけれど……」

「心配するな……君の安全は確保するし、宮殿に入ると具合の悪くなる君のために巫《ふ》医《い》を待機させる」

彩蓮は宮中、特に後宮に近づくとなぜか具合が悪くなる。そこに住む人々の嫉妬《しっと》や恨みなどで空気が淀《よど》んでいるのを不思議なほど敏感に感じ取ってしまうせいかもしれなかった。

騎遼が彩蓮を見つめた。

銀髪の人はまばゆいばかりの雅男《みやびお》である。端整な顔立ちにしろ、秀麗な瞳《ひとみ》にしろ、王族らしい優雅さを持っているが、上手に扇で隠しているとはいえ、その手にはタコがある。剣や弓の鍛錬も欠かしていないのだ。たいていの女なら流し目一つでなびくだろう。

「お話は以上ですか」

彩蓮の背後から再びわざとらしい咳払いがした。早く切り上げたそうな髭面《ひげづら》男、皇甫珪である。騎遼は言う。

「禁軍武官のお前は、正寧殿内の勤務に変えてもらえるように手配しよう」

「そんな簡単にできるのですか。俺は禁軍でも下っ端です。棒を持って一日中立っているのが仕事です」

「別に貞家の息のかかった者が急に出世しても妬《ねた》まれこそすれ、疑われることはない。どうせ金で官職を買ってもらったと思われるだけだ。ただ、嫉妬で仲良くしてくれる同僚がいなくなるっていうだけの話だよ」

騎遼は笑顔で付け加える。

「それとも一服盛って、正寧殿の主な武官たちを十日ほど動けなくするか？　それなら下っ端が宮殿内の勤務でも怪しまれない」

そう言われては、人のいい髭面に選択肢はない。

「妬まれるの方でお願いします……」

「ではそうしよう」

彼は皇甫珪を冷ややかに見ると、彩蓮に視線を移した。

「それにしても心配だな」

「何が？」

「正寧殿は後宮ではない。王がおわす場所だ。当然、男たちが出入りする」

彩蓮は首を傾ける。

「君は美しい。表情豊かで牡丹《ぼたん》のような明るさがある。君の笑顔を見て、心が奪われない男はいないだろう」

「相変わらず、すらすらと言葉が出るのね」

「本当のことだよ。そうだろう？　皇甫珪？」

髭面は何も言わなかったが、珍しく二人の意見は一致したように見えた。

「彩蓮は、黙っていれば楚々《そそ》としているし、話せば、愛嬌《あいきょう》がある。そういう人は宮殿にはあまりいない。目立たないように化粧で細工したり、少し口数を少なくしたりする必要がありそうだ」

「変装の化粧は任せておいて。でも口数はどうやっても減らないわ」

「なら俺が手伝おう」

太子騎遼の顔が僅《わず》かに彩蓮に近づいた。

それが接吻《せっぷん》の前兆だと気づいたのは皇甫珪の手が二人の間を塞《ふさ》いだ後のこと。騎遼が苦笑する。

「なかなか反応のいい護衛だ。この調子で正寧殿でも頼むよ」

「護衛でもありますが、俺は彩蓮さまの婚約者でもあります」

騎遼が嫌味に口の端を片方だけ上げる。

「貞家がそんなめでたい話を公表したなど、聞いていないけれどね」

皇甫珪が深く黙った。その空気に彩蓮はすばやく立ち上がる。

「じゃあね、騎遼。また宮殿で会いましょう」

彩蓮は皇甫珪を騎遼の護衛につけてやることも出来たが、どちらとも嫌だろう。門を出る時に見送る騎遼を一度振り返ると、彼は手を小さく振った。彩蓮は笠《かさ》を被《かぶ》り薄絹で顔を隠す。雨に濡《ぬ》れないように皇甫珪が雨具を背にかけてくれた。

2

皇甫珪はずっと静かだった。

太子騎遼に言われた一言が堪《こた》えたのだろう。

貞家が皇甫珪との婚約を発表しないのは、巫覡《ふげき》の家ならではの理由だった。簡単な話だ。婚約を発表する吉日の卜兆《ぼくちょう》が未《いま》だ出ていないのである。結婚に反対の父、貞冥の策略かと思いきや、本当に何度占っても出ないらしく、祖父の貞白も首を傾げている。

「出世せねば彩蓮さまにふさわしくないので、天が結婚をお認めにならないのです」

「ただ吉日が占えていないだけの話よ」

「そうかもしれません。でも俺は将軍を目指してがんばるつもりです。占いで結果がでないというのは、それなりの理由があるのでしょう」

「そうかしら」

「俺は力が欲しいのです。彩蓮さまを守るだけの力が」

「皇甫珪？」

「願は既に掛けました。太祝さまもそれがよろしいとおっしゃったし、彩蓮さまのことを案じているお気持ちは強いのです。貞家は巨大な力を持つ巫祝《ふしゅく》の家です。その令嬢を貰《もら》おうというのなら、生半可な気持ちではよくない」

将軍になるまで接吻しないなどと皇甫珪が言ったのは、本気だったのか。あれから二人はどこかぎこちない。彩蓮も確かに髭がある限り接吻しないと言ったことはあるけれど、そこまで強い意志ではなかった。しかし、今の皇甫珪は真剣な様子で、本気で願を掛けているのだという。

「滑ります。お気をつけてください」

彼は慌てて彩蓮の肩に雨が吹き込まぬように傘を差し掛け、階段では転ばないように彩蓮に腕の先を差し伸べた。

「ごめんなさい」

「何がですか」

「騎遼の頼みを勝手に引き受けてしまって」

「……仕方ないことだと分かっています。王宮で働く俺のことを案じてくれたのでしょう？」

騎遼からの呼び出しの手紙では「皇甫珪は元気にしているか。宮殿では体調を崩す者が多い。十分に用心するといい」とあった。普段、皇甫珪を犬ほどにしか見ていない人がわざわざ文に書いてくることを考えれば、これは脅しだと彩蓮はぴんと来ないはずはなかった。騎遼は友達だが、そういうところが為政者なのである。

「ただ問題が一つあります」

「何？」

皇甫珪が深刻な顔をする。

「どうやって家を留守にするかということです」

「あ！」

「お父上はお許しにならないでしょう」

彩蓮は考えていなかったことを指摘され、暗澹《あんたん》とした。そして助けを求めるように彼を見上げる。

「どうしよう……皇甫珪」

「太祝さまにご相談するしかありませんね」

祖父の貞白は巫覡《ふげき》の長、太祝の座にいる。天の声が聞こえる祖父の決定は一族の方針となるだけでなく、景《けい》という国家の指針となり、国策さえも転換させる力を持つ。祖父がもし駄目だといえば、彩蓮は引き下がらざるをえない。

「他に方法はありますか」

「叔母《おば》さまの家に行っていることにするとか？」

「バレないと思っていらっしゃるのですか」

「…………」

確かに祖父に相談するしか手立てはない。父が反対しても祖父がいいと言えば宮殿に出かけられる。これは一か八かに賭《か》けるしかなかった。

石段を下り切ると、雨宿りしていた馭者《ぎょしゃ》が走ってきて馬車に乗り込むための階段を用意した。彩蓮は皇甫珪の手を借りて中に入る。雨に濡れた体はひどく冷えていて、濡れた外套《がいとう》を脱ぐと一層その冷たさが身に染みた。

「さあ」

皇甫珪が馬車に置いたままにしていた上着を彩蓮の肩に重ねてくれた。薄ら寒いのにどうして上着を着て行かないのかと思ったけれど、大男だから寒くないのかと尋ねなかったが、彩蓮が雨に濡れたことを考えて持たずにいたのだろう。

「着替えをお持ちして出かけるべきでした」

「こんなに降るとは誰も思わなかったわ」

「風邪を引かないようにしてください」

彩蓮を抱き寄せたがっているように見える皇甫珪の腕は、暗い馬車の中でぐっと自制して彼の背の後ろに隠れた。それはとても残念であったけれど、寒さを理由に抱きしめ合うのは気恥ずかしいし、結婚を前にしていいことではない。皇甫珪はわきまえた大人なのである。

「寒くはありませんか」

「大丈夫よ」

そして家に着いたのは午後のうちだった。

父は宮殿に出仕しているから大丈夫だろうと思っていたのに、小間使いの小真が裏門で足踏みをして待っていた。部屋の前で番をしていろと言いつけたのが、門の前にいるのだからこれは、いい話ではない。

「大変です。太祝さまがお捜しです」

彩蓮は舌打ちした。

祖父は高齢なので日中、昼寝をしている時が多い。だから大丈夫だろうと高をくくっていたが、天の声が聞こえるという巫覡の最高位には小娘の無断の外出ぐらい簡単に見破られる。半分、見つかるのを覚悟の上で出かけたとはいえ、こんなに早いとは思ってもいなかった。

「行きましょう」

皇甫珪はうなずいたが、青い顔をする。三十代の男が十代の娘と出かけたとあれば、悪いのは大人の皇甫珪である。

「蔵に三日間監禁ではないといいのですが……」

「ばかねぇ。そんなことあるわけないじゃない」

彩蓮は笑い飛ばしたが、それはたぶん杞憂《きゆう》ではない。過去にも飲まず食わずに蔵に閉じ込められたことがある。しかし悠長にそれを案じている時はない。すでに酷《ひど》く叱られている小真が早く早くと彩蓮を急《せ》かすのである。

彩蓮は仕方なく裏門から使用人の住居を突っ切り、前庭の前に立つと、建物の前で牙《きば》を出して威嚇する悪獣、饕餮《とうてつ》の石像と対峙《たいじ》した。饕餮は貞家の守り神でもある。体が牛で虎の牙を持つと言われるそれは、魔物を喰《く》うとされ、魔除《まよ》けの意味もある。

「お祖父《じい》さま」

「入れ」

部屋の前から声がして、鈍い音を立てながら年老いた巫女《みこ》が戸を開けた。彩蓮が入ると、中には数人の巫覡と家宰《しつじ》の貞幽《ていゆう》がいた。貞家の私事全般を取り仕切るこの男を彩蓮は好きではない。いつも白い目で彼女を見るし、猜疑心《さいぎしん》の強そうなところも気に入らなかった。彩蓮は貞幽が黙礼したのも無視して、座についた。すると祖父の周りに侍《はべ》っていた者たちが下がり、広い部屋に彩蓮と皇甫珪、そして祖父だけとなる。気まずい空気がながれ、皇甫珪は大きな体をできるだけ小さくした。

「貴人と会っていたのか」

「はい……」

「そんなに緊張することはない。そなたを見張っていたのではない。捜し物の依頼があって捜していたところ、鏡にそなたの姿が映ったのだ」

祖父は鏡に未来を映して見る。その銅鏡は神々しく祖父の座る席の背後にある戸棚に収められていた。

「太子の願いを聞き届けるのか」

「はい。そうしたいと思います」

「なぜかな？」

「騎遼は友人だからです」

「うむ」

老人は白く長い髭を撫《な》でながら、間を置いた。

「ならば太子を助けるがよい。それがそなたの天命なのやもしれん」

老人が鍵《かぎ》を差し出した。

「あの？」

「これは宮廷の書庫の鍵だ。捜し物が何かを知らなければ、捜すこともできまい」

確かにそうである。

白い亀と聞いていたから、簡単に考えていたが、大きさも形も知らない。騎遼も見たことがないと言っていた。

「ただし、鍵はあるが、書庫の管理は宮廷の官吏がしている。国の大事が書かれた書もあるゆえに、誰でも読めるという訳ではない」

「つまり忍び込めばいいのですね？」

「誰もそんなことは言っていないが、人は他人の言葉をどう解釈しても構わないものだよ、彩蓮」

彩蓮は祖父の言葉の意味を解してにこりと微笑む。

「ありがとうございます、お祖父さま」

彩蓮は素直に礼を言うと、皇甫珪が咎《とが》められる前に部屋を後にしようとした。しかし、それは甘い考えだった。立ちかけた時に、祖父は「皇甫珪」と彼を呼び止めた。

ぎくりと男の背が揺れる。

「お前は都を一周走ってこい。理由は分かっているな」

「はい、太祝。お慈悲に感謝いたします……」

やはり罰を免れるはずはなかった。

3

翌朝になっても皇甫珪は帰って来なかった。

しっかりと都を一周したかどうかを確かめるために家宰の貞幽《ていゆう》が「自業自得ですね」と嫌味を言って馬で付き添ったから、誤魔化してくることも出来ず、言われるままに走っているのだろう。どのみち、真面目な性格だから誤魔化すことなど思いもつかないに決まっているが。

景の都はこのあたりの国々の中では一番の広さを誇る。どんなに皇甫珪が体力に自信があるとしても夜が明けなければ帰って来ないはずである。

しかし人目を避ける騎遼の馬車は早朝、まだ暗いうちに彩蓮の邸《やしき》の裏門に着いた。彩蓮は予《あらかじ》め届けられた宮女を表す濃紺の衣に身を包み、銀の釵《かんざし》を挿した。変装しろと言われたが、騎遼が言うほど自分が美人だとうぬぼれてはいないから、眉《まゆ》を描く際に黒子《ほくろ》をいくつか足しただけにして、地味に見えるように明るい紅は避けるのみとする。

準備万端。

さて、出かけようとすると、戸口に小真が立っていた。しかも彩蓮と同じ紺色の衣を着て、銀の釵も挿した宮女姿でだ。

「もしかして一緒に来るつもり？」

「はい。皇甫珪さまが彩蓮さまを一人にすることはできないって言って……」

十四歳の少年だから、なんとか女だと言ってもばれないだろうけれど、背丈がひょろりと彩蓮より高く、最近声が低めだ。

「わたしなら平気よ」

彩蓮は当然断った。

「宮女は掃除や洗濯もしないといけないのに、彩蓮さまはどれもできないではありませんか。小春じゃ、彩蓮さまを助けられないし、僕も心配です」

確かに彩蓮は何も家事ができない。宮殿で宮女のふりをするにはいささか不向きな点は多い。小真の心配は当然のことだった。見た目も彩蓮よりよっぽど美人の宮女である。

「一緒に来てくれるのはありがたいわ。でも無理だけはしないで？　約束できる？」

「はい。彩蓮さま」

彩蓮は小真の忠義心に感謝して、外に出た。「吾《あ》、吾」と鳴く鎮墓獣が付いて来たけれど、流石にこれは置いていかなければならない。

高齢の祖父が朝早い中を、裏門までわざわざ見送りに出てきたので、彩蓮は小さく頭を下げた。

「行ってきます、お祖父さま。鎮墓獣の世話をお願いできますか」

「ああ。いいとも」

いつもは皇甫珪が馬車に乗り込むのを手伝ってくれるのを、今日は慣れない小真が、見よう見まねで彩蓮に手を貸してくれた。そして手渡された包み一つ分だけの荷物を持つ。

「彩蓮」

祖父は玉で出来た佩玉《おびかざり》を彩蓮に差し出した。

祖父がとても大切にしていつも身から離さない佩玉である。

「借りていいのですか」

「貸すのではない。そなたにやろう。この佩玉がきっと守ってくれる」

「お祖父さま……」

「そなたが宮殿に行く度に具合が悪くなるのは、いわば呪いじゃ」

「どういう意味ですか？」

「それはいずれ分かるだろう。今は呪いに打ち勝つ術《すべ》はない。わしがいくらそなたを守ろうとしても宮殿はそなたを呼び寄せようとするだろうから、この佩玉の力を頼りにするしかない」

祖父がいつも握りしめているから、佩玉は丸みを帯びた優しい曲線を描いている。月のような形で、触れれば清らかな気を放っているのが分かった。すでに何度も彩蓮を助けてくれており、彩蓮を案じる祖父の気持ちを感じて鼻をすする。

「ありがとうございます」

「気をつけてな。そなたの運命はそなたのものだ。誰がなんと言おうとも」

彩蓮を乗せた馬車は動き出し、霧の深い喬陽を進んだ。ほんの十日ほどの別れのはずなのに、祖父が門まで出てきてくれたから、まるで一生の別れのような気がして、目頭まで熱くなる。

——皇甫珪はどこまで行っているのかしら。

邸の角を曲がって、少しだけ御簾《みす》をのけて外を見れば、ちょうど反対側で皇甫珪が肩で息をして前かがみに休んでいるのが見えた。しかし彼は彩蓮の姿を見つけると、すぐに起き上がって、都を一周してきたとはとても思えない猛烈な速さで馬車を追いかけてきた。

しかし、護衛の武官が、馬車を急《せ》かせたから、結局、彼は途中で諦《あきら》めざるをえなかった。彩蓮はただほんの少し手を上げただけで、小さくなっていく皇甫珪をずっと見ていた。

宮門を潜ったのは朝日が昇る前だった。

彩蓮は宮女生活にさほど期待はしていなかった。

が、ここまでひどいとは思っていなかった。内廷の北側にひっそりと内廷に仕える若い宮女たちの住居は、真夜中でも呼ばれていいように内廷の北側にひっそりとあり、あり、真昼にも日がろくに差さなかった。彩蓮の宮女としての部屋は六人部屋で、暗く連日の雨のせいでじめじめとしている。しかも彩蓮たちの寝台は掃除されておらず、ぺたんこの布団が一枚ずつあるだけである。漂う気《き》が悪い。後宮ほどではないにしろ、悪意と欲と恨みが出口を見つけられぬように淀《よど》んで溜《た》まっていた。

「よろしくね」

同室の者たちは愛想の一つもなく挨拶《あいさつ》しても手土産がなかったせいか、返事の一つもなかった。

ただ一人、親切に掃除を手伝ってくれる楊梅華《ようばいか》という少女は、たぶん太子騎遼の息のかかった人間だろう。彼は自分の父親のところにも間者を送っていることになるのだから、なんとも複雑である。

「大変でしょうが、我慢してくださいね」

お世辞にも美人とはいえない、歯並びの悪い少女だが、梅華はとても感じが良い。布団を片付けてくれ、宮廷の空気が合わずに気分が悪い彩蓮に代わって床も拭《ふ》いてくれる。ただ、同室の宮女たちはそれが気に食わないらしい。彩蓮が真新しい宮廷着を着ているのもその一因だろうし、宮女のくせに侍女の小真を連れているのもそうだ。他の娘《こ》らは、着古したお古を纏《まと》って、幼い頃から修業を重ねてこの地位にいる。

「そんな子たち、どうせすぐにいなくなるんだから、ほっとけばいいのよ」

部屋の主のような顔をしている少女は、黄英蘭《こうえいらん》。彩蓮と歳は同じくらいである。代わり映えもしないのに、鏡に向かってああでもないこうでもないと同室の子に髪を結わせている。

「わたしは彩蓮。よろしくね」

差し出した手はもちろん無視された。

気の強い彩蓮は心の中で反発したが、ここに宮女と喧嘩《けんか》にしに来たのではないし、取っ組み合いを始めるほど、体調がいいわけではない。しばらくすると、高位と思《おぼ》しき宦官《かんがん》が手をすり合わせるようにやってきて、着替えや新しい布団、たらい、鏡、化粧道具、そして宮女が好みそうな、ささやかな装飾品の入った箱を持ってきた。そして「これは私めからです」と大したこともない翡翠《ひすい》の指輪を大仰に差し出した。

「『あの方』にどうぞよろしくとお伝え下さい」

「ええ。ありがとう」

彩蓮は、鼻を少女たちの方に鳴らす。彼女たちは宦官の様子に驚いた顔をしたが、そんなことで急に彩蓮と仲良くしようとなどしないし、彩蓮も仲良くなりたいとは思わなかったから、宦官が持ってきた髪飾りを頭にこれみよがしにつけると、さっさと部屋を出る。ここに来た目的を忘れてはならなかった。

まずは亀がいなくなった場所を見たい。妖気《ようき》が残っている可能性がある。

「薛《せつ》と申します。話は太子より伺っております」

さきほどの宦官とは違い、細く慎重そうな宦官が、彩蓮を待っていた。

「王は朝議に出られているので、今のうちに参りましょう」

「ええ」

「返事は『はい』でお願いします」

「はい……」

騎遼にも敬語で話したことのない権化の娘は、自分が言葉で失敗しないか心配になった。騎遼がいうように口数はできるだけ減らさなければならない。二人はうら寂しい秋の中庭を通り過ぎ、黒漆の柱の立ち並ぶ長廊を行った。

「また雨になりそうですね」

沈黙がどうも苦手な彩蓮はさっき口数を減らそうと思ったのについ口に出た。すると薛宦官が厳しい顔で振り返る。

「雨のことは口にしてはいけません」

「なぜですか？」

「縁起が良くないのです」

そこまで言われてぴんとこないわけはない。

白い亀《き》が原因だ。

瑞兆《ずいちょう》が消えた今、何か恐ろしいことが起こるのではないかと皆が恐れているのだ。この降ったり止んだりを繰り返している長雨は、そんな宮殿の人々の不安を煽《あお》っている。彩蓮は灰色の空を見上げた。またぽつりぽつりと石を濡《ぬ》らし始め、風が彩蓮の髪を揺らした。

「行きましょう」

彩蓮は小真に言った。

4

王の私室だという部屋の厚い戸が左右に開かれると、彩蓮は息を飲んだ。

まばゆいその部屋は、朱色の漆で塗られ、建具はすべて黄金だった。天井には彩色で雲が描かれており、部屋の四方は、玉で出来た魔除《まよ》けの獣神が並んで結界を作っている。青銅の燭台《しょくだい》が幹のように枝を伸ばして明かりを灯《とも》し、艶《つや》やかに磨かれた調度を見れば、ここは天上世界ではないかと思うほどである。

その部屋こそ、正寧殿と呼ばれる宮殿の一室で、普段、王が臣下などに謁見する時に使う場所である。奥に寝室、右に書斎、左に居間がある。ため息は足を踏み入れる度に起こるが、薛宦官は、時間がないとばかりにさっさと奥の寝室に彩蓮を招き入れた。

「ここです」

背の低い彩蓮の胸あたりの高さの台の前に二人は立った。

そこにぽつんと残されているのは、硯《すずり》のように石を丸くくりぬいた器である。

「この中に亀はいたんですか？」

「はい」

「見たことはありますか？」

「いいえ。器は見たことがありますが、中は覗《のぞ》いたことがありません」

「亀は、どれくらいの大きさですか？」

「手のひらぐらいと聞いています」

手のひらと言っても男の手ほどだという。彩蓮は唸《うな》った。誰かの荷物の中に紛れ込んでも誰も気づかない可能性のある大きさである。

「部屋の中はよく捜しました？」

「もちろんです。調度のすべてを一旦《いったん》、外に出し、一室あたり三十人で捜しました。

「そうですか……」

彩蓮は霊気が残っていないかあたりを見回したが、亀がいなくなってすでに四日は過ぎている。僅《わず》かな気配も感じることはできなかった。

「いつ、どうやっていなくなったか分かりますか？」

「確実に最後にここにいたのは、五日前の夕方です。四日前の朝、王が餌をやろうとした時にはすでにいなくなっていたとのことです」

彩蓮は人差し指を顎《あご》に置いて考えた。

「捕まった女官や宦官たちはどんな証言をしているかは分かります？」

「太子の指示だったというものがほとんどです。あとは、二十歳前後の女が回廊を去っていくのを深夜に見たという者が一人おります。しかし宮殿の出入りの記録にはそのような人物はおらず不確かな情報です」

「その夜にここにいた人はすべて捕らえられているのですか？」

「はい。あ、いえ」

宦官は口籠《くちご》もった。

「一人だけおります。王の信頼の厚い女官です」

「その人に会いたいです」

宦官は困った顔をして、しばらく思案したが、騎遼からの頼みで捜査していることを伏せることを条件に承諾してくれた。

「年寄りなのです」

聞けば、王がまだ公子であった時から仕えていた者らしい。その年はすでに八十を超えているというから、驚くばかりだ。女官というからには宮女とちがい、官職を得ている八品以上の身分の女性である。難しそうな相手であると彩蓮は思った。

「亀《き》を盗んだのはその人ではないのね？」

「さあ。ただ言えるのは、王がその者を特別、信頼しているということです。魯《ろ》女官は王にとって祖母のような存在であり、亀を盗む理由はないのです」

薛宦官は、梅華を呼んで、彩蓮を老女のところに案内するように言いつけた。

呼ばれた梅華は洗濯をしなくてすむと喜んで、「こちらです」と汚れた手を拭《ふ》きながら、北の方角に手を向ける。

「どんな人？」

「魯女官さまですか？　気さくな方です。幼い頃は親が恋しくて泣いてばかりいましたが、そんな時に菓子を頂いたことがあります」

「優しい人なのね」

「でも年配の方は厳しい方だったとおっしゃいますわ。年を取られて丸くなられただけで、昔は王宮殿を一人で取り仕切っていたそうですから」

「へぇ」

彩蓮は相槌《あいづち》を打ったが、ふと、庭の方を見るとじっと彩蓮を見ていた人物がいた。遠目なので顔貌《がんぼう》は分からないが、宦官《かんがん》で、すぐに柱の陰に隠れてしまったので梅華が訝《いぶか》ってそちらに目をやった時にはすでにない。

「どうされたのですか？」

「見られていたような気がするの」

以前もこんなことがあった。

太子騎遼が彩蓮を見張らせていたのだ。

少し自分の安全に不安があった彩蓮はほっとして「なんでもないわ」と微笑んだ。そして軽やかな足取りで雨の宮殿の長廊を歩いていたけれど、すぐに梅華の手が彩蓮の腕を摑《つか》んで道の脇に引っ張っていく。

「何？」

「王です」

彩蓮も小真も慌てて頭を下げる。今上、景恭清《けいきょうせい》は騎遼の父で、賢君と名高い人である。

　顔を覗き見ることもできない高貴な人の長い行列は、朝議の帰りなのだろう、みな正装をしており、下を向いている彩蓮には、王の靴の錦糸《きんし》が薄暗い空の下でそこだけ輝いているのが見えた。当然、王は彩蓮の横を通り過ぎようとした。しかし——。

「丹桂《たんけい》の香りがするな」

　そうつぶやいたかと思うと、彼の足が彩蓮の前で止まった。

　丹桂の香りをさせているのは自分である。普段、部屋で香を焚《た》いているので匂いが染み付いているのだ。冷や汗が垂れる。王はそんな彩蓮のことなど構わずに、まず梅華の前に立ったが、彼女からは、先程まで持っていた雑巾《ぞうきん》の臭いしかしないのを確認すると、今度は彩蓮の前に立つ。

　そして王は彩蓮の髪に触れた。

「丹桂の香は非常に貴重だ」

「…………」

「どうしてそんな香の匂いをさせている？　後宮の后《きさき》たちさえ手に入れるのに苦心しているのに」

　彩蓮はとっさに嘘を思いついた。

「それは……これは……いただき物です」

しどろもどろにそう答えて、彩蓮は致命的な間違いを犯したことに気がついた。自分のような身分の低い宮女が王の問に直接答えてはならなかったのだ。梅華はがたがたと手足を震わせ、彩蓮の正体が明らかになることを恐れたが、王はそんなことに構わず、彩蓮の顎を上げた。

「……………」

騎遼によく似た銀髪の人は、四十を少し過ぎたぐらいだろうか。彩蓮の父と同じぐらいだ。僅かに瞠目《どうもく》し、ある種の動揺をその瞳《ひとみ》に宿した。彩蓮はすぐに長いまつ毛を伏せて下を見る。玉顔をこんな間近で拝したことが怖かった。顎を取られているというだけで、運命さえも握られているような錯覚がする。

「そなたは貞家の娘であろう」

「は、はい……」

「宮殿で何をしている？」

「亀を捜しています」

嘘は通用しない。正直に答えると、なぜ亀を捜すのかとか、誰の命令でしているのかとか、どうやってここに紛れ込んだのかなど、王は問うことはなかった。若い頃は騎遼以上に美男だっただろう静謐《せいひつ》な玉顔を、先程の動揺を忘れさせるような感情のこもっていない顔に改めると、つぶやくように言った。

「よく似ている」

父親に似ていると言われたことは一度もないが、そう言われて嫌な気はしなかった。父は昔、言い寄る女たちを皆袖《そで》にしたという色男であったので、似ていないと言われる度にがっかりしたものである。目を伏せたままの彩蓮は少しだけ頬を緩ませた。

「どうしたものか――」

王は思案している様子だった。

それを、彩蓮はなんらかの罰を考えているのだと思って、思い出したように慌てて跪《ひざまず》いた。騎遼の名前は死んでも口にしてはならない。罰せられたとあれば、きっと貞家にもいろいろ面倒をかける。いろいろな思いが一気に脳裏を駆け巡り、汗をひやりと背にたらしながら彩蓮は額《ぬか》ずいた。冷たい床は差し込んだ雨で濡《ぬ》れており、額と衣の裾《すそ》が汚れたが、そんなことは構わなかった。

「さあ、立つのだ」

しかし、王はそんな彩蓮の手を取って立たせた。そして自分の言葉が少女をそうさせたと気づくと、冕冠《べんかん》を揺らして冷えた彩蓮の手を大きな手のひらに包んで温める。

「貞家の人間はこの国では特別だ。王と天を結びつける巫祝《ふしゅく》の家であるのだよ。もう一つの王家と言っても過言ではない」

彩蓮が何も答えなかったから、二人の間に沈黙が生まれた。騎遼の父親だから言葉は上手《うま》いのはうなずけるけれど、離してくれない手のひらを彩蓮はどうしたらいいのか分からない。

「亀を捜しているのだろう？」

彩蓮は顔を上げた。王の瞳に慈愛と懐かしさがあるのを見つけると、王はにこりと微笑んだ。

「さあ、行くといい。捜し物が見つかるといいね」

王は彩蓮の手を離した。

5

「よくお許しくださいましたね」

小真は、生還した彩蓮に奇跡を見出《みいだ》したかのような顔をした。

「ええ……心臓がバクバクだったわ」

「お許しくださったのは、きっと貞家の威光ですね」

梅華も胸を撫《な》で下ろして言う。

「そうね」

王に見つかってしまったということは、できるだけ早く役目を終わらせなければならない。できるなら今日中に帰りたいとさえ彩蓮は思った。これ以上の面倒は貞家にも騎遼にもよい結果をもたらさない。さっさとその魯なる老女官に会ってことを進めたかった。

しかし雨脚はどんどん強くなり、三人の足を遅らせる。彩蓮と梅華は一つの傘を二人で分け合い、小真にもう一本の傘を渡すと、水たまりを避《よ》けるようにして、女官たちの居住区に足を踏み入れた。

「あちらです」

梅華は一つの門を指さした。

高級女官の住まいらしい華美のない建物で、門をくぐれば、四方を建物が囲み、中庭がある。一本、梅の木が植わっており、青い葉を茂らせていた。

「魯女官さまの部屋はあの奥の建物です」

他の三つの建物は他の女官の部屋らしい。その中でも一番広いものが魯女官のもので、入口を二人の宦官と一人の女官で掃いていた。

「正寧殿の楊と申します。魯女官さまはいらっしゃいますか。薛さまの使いで参りました」

「今はまだ休まれておられる。また後にしろ」

女官付きの宦官にしては、ずいぶん横柄な態度で男は言った。彩蓮はむっとして睨《にら》むと、その顔が気に入らなかったのだろう。階段を三つ下りてきて、前触れもなく彩蓮の顔を思いっきり平手打ちした。それは天を裂くような高い音で、梅華の「きゃあ」という悲鳴と一緒になって屋根で休んでいた鳩を散らす。

「何をするんですか」

小真が彩蓮を背に庇《かば》って言った。

「なんだその口の利き方は！　俺を誰だと思っている！」

男は今度は小真の肩を押して、地べたに尻《しり》もちをつかせた。

宮廷の身分関係は絶対で、身分の低い宮女の扱いなどこの程度のものでしかないのは聞いたことはある。でも聞くのと実体験するのでは雲泥の差だ。彩蓮は今まで受けたことのない侮辱に惨めさと反発を抱え、ぎゅっと拳《こぶし》を握ってぶるぶると震えた。

「お許しください。この者は新参者ですので」

梅華が代わりに跪いて詫《わ》びたが、視線をいっこうに改めない彩蓮に二発目の平手が近づいた。

「やめなさい」

そこに落ち着いた声がした。

杖《つえ》をついた老女である。品のいい白髪を少女のように左右に団子にして結っている。

「どうしたのじゃ」

「取り次ぎをお願いしたのです。魯女官さまに会いたいと」

彩蓮は左の頬を押さえながら言った。

すると女官は目が悪いのか、何度も目を細めて彩蓮を見る。そして間近にまでやってきてその顔を見ると、背を向けた。

「お入り」

少しぶっきらぼうな人らしい。冷たい雨に濡れた彩蓮たちは中に入れることに感謝した。しかも中は風通しが良くて涼しかった。祖父の部屋を思わせるような呪具《じゅぐ》があり、竹簡の束が棚いっぱいに並んでいる。しかしなんら装飾品らしきものはなかった。慎ましやかに暮らしているのが分かる。

「話とは？」

「亀のことです。あの、亀がいなくなった晩、最後に部屋にいたのはどなたでした？」

彩蓮は名乗りもせずに言ったが、老女は気にする様子もない。

「私じゃ」

「では何か異変に気づきませんでしたか」

老女は、手を彷徨《さまよ》わせ、火箸《ひばし》を手繰り寄せると火鉢をかき混ぜた。

しばらくの無言の後に口を開く。

「あやしい女を見た」

「それはどんな女でしたか」

「分からぬ、目が悪いゆえに」

まあ、そうだろう。こんなに近くにいても見えないのなら、すれ違った人間の顔さえも分かるまい。

「どこにいたのですか」

「亀と関係あるかは分からぬぞ」

「構いません」

「宮殿の北東にある長廊で見た。走ってはならぬ掟《おきて》を破り、小走りに長廊を抜け、庭の方に消えて行ったから記憶に残っている」

彩蓮は老女が案外すんなりと話をしてくれたことにほっとしつつ、なぜそれを皆の前で言わないのかと思った。百人近くが捕らえられているのだし、騎遼にも疑いの目が向けられている。王の信頼の厚い女官ならそうしてしかるべきである。

「宮殿は魔窟《まくつ》じゃ。年に一度か二度はこんな奇怪な事件が起こるもの。いちいちそれに付き合っていたら、天寿など全うできやしないのじゃよ」

老女は歯のない口で笑った。自嘲《じちょう》の混じった笑みだった。

「それよりその腫《は》れた頬は大丈夫か」

「あ、はい……」

「先ほどの男は、永文《えいぶん》といい宮廷の問題児じゃ。酒が止められなくてのぉ。酒を飲まなくなると手を上げる。ここに置かなければ、他に行くあてもない男ゆえに、勘弁してやってくれ」

彩蓮は黙っていたが許してやる気はなかった。

「人は誰しも恵まれてはおらぬのでのぉ」

父親にも殴られたことはない。彩蓮は正直、まだ怒りが収まらなかったが、老女の手前、それを押し殺し、「はい」と答えた。

それから老女の元を辞すると彩蓮は、考え込みながら人気のない庭の石の上に座る。

「北東の長廊の向こうには何があるの？」

「北東ですか？　正寧殿の？」

梅華が困ったように言う。

「ええ」

「古びた廟《びょう》が一つあるだけです」

「行ってみましょう」

彩蓮は立ち上がったが、梅華は動く様子はない。

「どうしたの？」

「立ち入りは禁じられています。それに幽霊が出るというのがもっぱらの噂です」

「わたしは貞家の娘よ。幽霊なんて怖くないわ」

「ならばいいのですが……巫官《ふかん》さまもそこには足を踏み入れません」

「心配いらない。わたしが一緒にいるもの」

胸を張って答えた彩蓮の言葉には、何の根拠もないが、祖父にもらった佩玉《おびかざり》を握りしめれば、宮殿の悪い気がすっと体の周りから消えていくのが分かる。そしてもう一つ祖父から預かったものを思い出した。書庫の鍵《かぎ》である。夜までに皇甫珪と連絡をつけなければならない。大切な書庫には見張りがいるだろうから、皇甫珪にそれをなんとかしてもらわなければならなかった。

「ねえ、禁軍の武官とはどうやって連絡を取ればいいの？」

「武官さまとですか」

梅華は目を丸める。

「宮女と武官さまとの接触は禁じられております」

「なぜ？」

「わたしたちは王の女人だからですわ」

梅華は、少し誇らしげに言ったけれど、むしろ哀れに聞こえて彩蓮は押し黙った。その沈黙に梅華は、傷ついた顔をした。王の寵愛《ちょうあい》を受けることなどこれから一生なく、床を磨いて終わる生涯であることは明らかだからだ。彼女はそれでも毅然《きぜん》とした声で彩蓮に対した。

「見つかれば二人とも死罪です。連絡を取りたいなどと口にしてもなりません」

「分かったわ」

コウモリでも捕まえて使役させた方が良さそうだ。しかし、あの髭《ひげ》男、大きな体をして霊物《モノ》にはとんと弱い。無事手紙を受け取れるといいが――。

「行きましょう」

二人の間にはそれ以降会話はなかった。

彩蓮は亀のことで頭が一杯だったし、梅華は禁じられた場所に足を踏み入れるのが怖くてならないようだった。それに「王の女人」という言葉が二人の間を暗澹《あんたん》とさせていた。「王の女人」という名の下で生涯の隷属を求められる女たちの運命を彩蓮は複雑に見ていたし、梅華は憐《あわ》れに思われたために、誇りを傷つけられた。

「あそこです」

梅華は廟を指さしただけで、「ここで失礼します」と言って案内を拒んだ。彩蓮はあえて付いてきて欲しいとは頼まなかった。できてしまった小さな溝は簡単には埋めようがなかった。

「ありがとう」

「いえ」

彩蓮は小真と二人で森のように荒れた木々が茂る中を分け入った。雨は少し小降りになっており、目立つ傘を折りたたむ。そして木の陰に気配を感じた。

「そろそろ出てきたらどう？」

彩蓮が振り返れば、頭をかいて現れた中年が一人。髭を剃《そ》っている。

「なんだ、高明《こうめい》じゃない」

ずっと付けられている気がした彩蓮の前に現れたのは、彩蓮の家に居候しているおっさん霊である。米問屋だったが妖《あや》かしに殺されて幽霊になってしまった人物で、事件があるとすぐ首を突っ込んでくる。

幽霊だから見えないのだから、普段の格好でも良さそうなものなのに、「ここの幽霊に見つかると厄介ですから」と宦官《かんがん》の格好をしている。もと米商人だったこともあって金回りのことに頭がよく回るから、家に置くことを許しているが、まさか宮殿まで付いて来るとは思わなかった。

「ご期待に応《こた》えられず申し訳ありません、皇甫珪さまでなくて」

「お祖父《じい》さまに頼まれたの？」

「はい。その通りです。小真だけでは心細いと言われて」

「ずっといたの？」

「そうです。ずっと遠くから見守っておりました」

「皇甫珪と連絡は取れる？」

「武官の宿直所の場所は分かっていますので、なんとか致します。ただ――皇甫珪さまは私めの姿が見えませんので」

「後で手紙を書くわ。それを届けるだけでいいわ。話しかけたりしなくていい。気を失う可能性があるもの」

「かしこまりました」

「二人は、ここで見張っていて」

彩蓮は廟を見つめた。

廟とは祖先や神を祀《まつ》る場所である。宮廷の澱《よど》んだ空気はここにはなく、木々の爽《さわ》やかな香りと静寂があるだけだ。彩蓮はそれを感じると、首を振って一人濡《ぬ》れた葉を踏んだ。

6

門には見張りが二人いた。

しかも人の訪れを拒むように高い塀が巡らされている。それでも古い廟である。崩れた石垣の間から中を見た。

「荒れ放題ね」

彩蓮は向こう側の視界を奪っている蔦《つた》を穴から手を入れて引きちぎってみる。すると、樋《とい》の壊れた建物が見えた。佇《たたず》まいと建具は立派だが、身分の低い宮女たちの居所よりよっぽど朽ちている。彩蓮は手を引っ込めようとして何かが手のひらに乗った。

「きゃっ」

驚いて声を上げると、乗ったものの方が驚いて消えた。が、すぐに戻ってきて、彩蓮の顔を覗《のぞ》き込む。

「白い、栗鼠《りす》？」

感嘆が吐息となって出た。

美しい栗鼠だ。鼻の先から尻尾《しっぽ》の先まで白く美しい。彩蓮は驚かせないようにそっと手を伸ばす。人に慣れているのか、それは彩蓮の小さな手のひらの上に乗った。そして自分の方にゆっくりと近づけようとすると、向こう側から声がした。

「そちらに行ってはならないよ」

優しい男の声である。

穴に目を凝らすと、巫覡《ふげき》のように白い衣を着た青年と目が合った。栗鼠は器用に彼の足を上ってその肩に乗る。

「入って来たいのなら、そちらにもっと大きな穴があるよ。潜っておいで」

左側を指した男。

見れば、彩蓮が入ることができるぐらいの大きさの穴があった。彼女は真新しい官服が汚れるのも構わず這《は》って、穴を通った。

「ここは？」

彩蓮は草が伸び放題の庭に立つと呆《あき》れた。宮廷の一部とはとても思えない。

「ここは宗廟《そうびょう》だよ」

しかも国の神を祀る宗廟だというから驚きだ。

黒髪の男はにこやかに彩蓮に近づいた。どこか懐かしさを感じる微笑みで、丸みを帯びた輪郭、高い鼻、ぬくもりのある瞳《ひとみ》。そこには宮廷で出会った人たちに見られるような冷たさはなく、頬の動きが柔らかい。背は彩蓮が見上げるほど高かった。

年の頃はどうだろう。

騎遼より上に見えるから、三十にはならないにしても二十五は過ぎている。

「宗廟？　宗廟はたしか宮殿の南西にあると思ったけれど？」

「ここは昔の宗廟なのだよ。今は誰も使っていない」

彩蓮があたりを見回した。

するとと何かが草の中から動き出し、彩蓮の方に近づいてくる。

「白い、孔雀《くじゃく》……」

「ああ。それに白い猿も蛇もいる」

「……………」

「ほら、あそこには白い鳥もいるよ」

指さした屋根の上の鳥は男が手を上げると、その腕の上に飛び乗った。

景は大きな国だ。瑞兆《ずいちょう》が現れることはしばしばある。各地からそういった霊獣は宮殿に集められるものだが、まさかこんなにいるとは思わなかった。

「あなたが面倒を見ているのですか？」

「我が国の神々だ。面倒を見てもらっているのはこちらの方だろう？」

そういいながら、青年は鳥のくちばしを優しく撫《な》でる。彩蓮は好感が持てた。

「巫覡なんですか？　巫覡には見えないけれど？」

彼は巫覡特有の気を放っていないし、巫覡は顔がのっぺりした人が多いが、彼はそうではない。

「巫覡ではないよ。白い衣を着ているのは神々を恐れさせないためで、他の意味はない」

「なるほど」

「客人よ。何もないが、白湯《さゆ》でも飲んでいくがいい」

「ありがとうございます。わたしは彩蓮。貞彩蓮です」

「私は令静《れいせい》。令兄《れいけい》と呼んでくれればいい」

初対面で兄と呼べという人も少ないが、ちょっとした冗談なのだと彩蓮は思った。だから軽口を叩《たた》くように答えた。

「じゃ、遠慮なく『令兄』と呼ばせて貰《もら》います」

「そうしてくれ」

男は口笛を吹いて瑞兆たちを建物に呼ぶと、彩蓮を建物の中に誘《いざな》い、すでに沸いている湯を茶碗《ちゃわん》に注いでくれる。

「座ってくれ。少し片付けた後でよかった」

「ありがとう」

彩蓮は雨で冷えた体を湯で温めると、男は火鉢を彼女の方へと寄せてくれた。

「あの、わたし、白い亀を捜しているんです。知りませんか」

「白い亀か……亀なら一匹いるけれど？」

彩蓮は期待に胸を膨らませた。

しかし見せられたのは、大人の頭一つ分以上の大きさのある亀である。捜しているのはもっと小さな亀である。

「手のひらに載るほどの小さな亀を捜しているんです」

「王が飼っていたものか」

「ええ」

「本当に？」

「どういう意味ですか？」

「誰か見た人はいるのかな？」

そう言えば、騎遼も見たことがあるとは言っていなかったし、王に仕える薛宦官《かんがん》もないと言っていた。

「瑞兆はそんなにあるものではない。しかも亀神はここに一柱おられるんだ」

「でも……」

「そもそも本当に存在したのかな？」

「それは……」

「ないものはいくら捜したってないよ」

令静はもう一杯、熱い湯を彩蓮の茶碗に注ぐ。

「でもだったら初めから亀は存在しないってみんなが言うわ」

「そうだろうか？　黒も白となるのが王の言葉というものだ」

彼は彩蓮を試すような流し目をする。彩蓮は両手で持った茶碗の底を見つめ、眉《まゆ》を八の字にした。

「友達が困っているの。亀を盗んだって疑いをかけられて」

「望むなら、その亀を連《き》れて行くといい。それで丸く収まる」

「いいえ。これはあなたの亀です。王はきっとなんらかの目的があってこんなことをしているんだわ」

「そうだろうね」

「いいえ……やはり亀はいる……」

「………」

「やっぱり、亀はいない……」

彩蓮にはどちらか分からなかった。

謎はただ深まっただけで、なんの進展もない。

「あの、五日前の夜、女の人を見ませんでした？　その人が亀を盗んだ疑いがあるんです」

「さあ、見なかったね。ここに人が来ることはまずない。皆、神々を恐れているのだ。神はありがたくも畏《おそ》れ敬うべきものだからね」

「そうですね」

「力になれずにすまないな」

「いいえ。白湯をいただけただけで元気が出て来ました。ありがとう。美味《おい》しかった」

「ならよかった」

彩蓮は立ち上がった。その拍子に祖父からもらった佩玉《おびかざり》の紐《ひも》が切れて転がった。令静がそれを拾い上げると、瞳に影を落とし、指先でそれを撫でて、彩蓮の手のひらの中に握らせる。

「大切なものなのだろう」

「ええ」

「太祝に私が、よろしくと言っていたと伝えて欲しい」

「お祖父《じい》さまを知っているのですか？」

「貞と名乗れば、誰だって貞家の太祝を思い浮かべるよ」

彩蓮は微笑み、雨宿りをさせてくれた礼を言うと、高明と小真の待つ塀の向こうへと向かった。そして彩蓮は後ろを振り返る。また会いたいと思った不思議な人だった。

彼女は止めていた足の歩みを再び始めると、腕を組んだ。

「亀は本当に存在していたのかしら？」

まずは書庫に行かなければ話は始まらないだろう。

粗末な夕飯を済ませた後、やっと彩蓮は自室に戻ることができた。

部屋に入ってすぐ小真が困惑顔になり、彩蓮は自分の布団がなくなっていることに気がついた。暑い日のこととはいえ、布団が一枚ないのは困る。しかも、宮殿の悪い気のせいでだんだんとまた体調を崩して寒気がしている。普段の彩蓮なら誰が布団を盗んだのか大声で糾弾しただろうが、そんな元気もない。

「わたしと一緒に寝ればいいわ」

梅華はそう言ってくれたけれど、彼女の布団も誰の嫌がらせか、濡《ぬ》れていた。くすくすと笑い声が奥からしてそれが意地の悪い黄英蘭のものだと気づくと腸《はらわた》が煮えくり返り、彩蓮は悔しさで涙がこぼれそうになる。そんな涙を誰にも見られたくなくて、彩蓮は部屋から走り出た。

「馬鹿みたい」

いつも身分柄、ちやほやされて親切にされている。しかしそれがなくなると、急に皆が牙《きば》を剝《む》く。そういう現実に直面したことのなかった彼女は、理不尽な世の中に生まれて初めて泣きたくなった。

「雨が止んだのね」

雲のまにまに彩蓮の佩玉のような月が現れると、ほんの少し気持ちが慰められた。

父は彩蓮がいないことに気付いただろうか——。きっと今頃心配しているだろう。祖父は父に彩蓮が宮殿に行ったと説明したのだろうか。それとも叔母《おば》の邸《やしき》に行ったとでも説明したのだろうか。

彩蓮はつま先とつま先をこすり合わせながら、皇甫珪のことを考える。深夜、合流するつもりではいるが、時間までに会えるか心配だった。普段は小言の多いあの男が鬱陶《うっとう》しいが、それは半分照れ隠しもある。側にいないと本当は寂しい。

「皇甫珪……」

「彩蓮さま」

はっと振り返るとそこにいるはずのない大男がいた。彩蓮は両手を広げた。ずっと心細い思いをしていたのが、彼の顔を見たらいっぺんに溢《あふ》れ出てきたのだった。

「彩蓮さま」

むろん大男は、彩蓮を抱き寄せた。最後に会ったのは今朝だというのは、冷静になれば思い出すだろうが、嫌がらせを他の宮女からされた後では、そういうことも一切忘れて久しぶりの再会のごとく熱く抱擁する。

しかし彩蓮はすぐに我に返る。梅華の言葉を思い出したのである。

「宮殿では女官や宮女は王の女人なんですって。こんなことをしているのを見られたら死罪になるわ」

「俺は、彩蓮さまと抱擁できるのなら、殺されても構わないです」

「わたしは殺されたくないから」

本当は皇甫珪の言葉が嬉《うれ》しいくせに、天《あま》の邪鬼《じゃく》な彩蓮は赤い顔を夜の闇に隠してそう言った。しかしそんなことを年の功の三十路《みそじ》に隠し通せるはずはない。ポンポンと彩蓮の頭に手を置き「さようでございますなぁ」と笑う。彩蓮はだから、そんな皇甫珪に、くどくどと意地悪な同室の宮女たちのことを愚痴った。彼は、ただ「そうですなぁ」「そうですなぁ」を繰り返すだけだったが、さして髭面《ひげづら》に意見も求めていないから、それで十分だった。

「ありがとう、聞いてくれて。ちょっとだけスッキリしたわ」

「布団は俺のを宿直所から持ってきましょう」

「騎遼に言って。新しいのが欲しいって」

「彩蓮さまには宮女のふりなどやはり無理でしたね……」

「どういう意味よ」

「書庫にはいつ入り込む気ですか」

話を変えるのが上手《うま》い。彩蓮はそこのところを突こうかとも思ったが、今は亀のことが問題である。

「深夜に行こうと思っているわ」

「あまり遅くに行かない方がいいでしょう」

「なぜ？」

「上を見てください」

彩蓮は空を見上げた。月があるだけである。

「まだ雲から顔を出したり隠れたりしていますが、もう少し経てば、きっと雲がなくなって月明かりが気になり始めます。今のうちに行きましょう」

「まだ起きている人たちがいるでしょう？」

「大丈夫です。上手くやります」

ちょうどそこへ小真が彩蓮を捜しにやってきた。キョロキョロとしている女装少年に彩蓮は手を振る。

「こっちよ」

「彩蓮さま。ここにいらしたのですね」

「いいところに来たわ。書庫に忍び込むの。手伝って」

三人は明かりのある長廊を行かず、闇を縫うようにその脇を小走りに行った。そして彩蓮は、内廷の塀を皇甫珪の肩と頭を踏んづけてなんとかよじ登ると、華麗に着地した。小真がそれに続き、大猿の皇甫珪は、もちろん音も立てずにいつのまにか彩蓮の横にいて、見張りの兵士が松明《たいまつ》を持って近づいてくるのを見つけたと同時に、彩蓮を抱き寄せ、建物の陰へ引き込む。

「しばらく動かないでください」

彩蓮の胸がどきんどきんと高鳴った。危ない橋を渡っている最中である。心が高鳴るのは少女なら当然だ。上目遣いでそっと男を見上げた。しかし、皇甫珪はそんな女心を解さないらしく、彩蓮を離すと明るく言った。

「見張りが行きました。急ぎましょう」

「………」

分かっていた。

そういう男だってことは。

皇甫珪はさっさと立ち上がると一人、前を歩き出して彩蓮の顔など気にもかけない。情緒というものを解さなすぎないか？　罪なぐらい鈍感である。

彩蓮は思いっきり前を行く人の足を蹴《け》った。

「痛《い》って」

隙を突かれた男は飛び上がって、振り返り、彩蓮が嘴《くちばし》を尖《とが》らせているのを見ると、なぜ怒っているのか分かったらしく、戻ってきて、初めからやり直ししようとするけれど、それは遅すぎる。何事にも時機というものがあるのだ。

彩蓮は男の腕をすり抜け、小真が気の毒そうに皇甫珪に肩をすくめて見せた。

やってしまった、と男はバツが悪そうに額を叩《たた》いていたけれど、知ったことではない。それでも今は書庫に忍び込むという危険な状況である。書庫が見えると彩蓮も皇甫珪も思い直して神妙な顔をした。

「危ないので一歩も動かないでください」

皇甫珪は書庫の後ろに身をひそめると、彩蓮にしばらく待つように言って生け垣を越えた。するとどすん、どすんと二度ほど鈍い音がしたかと思うと、武官二人を引きずって来た。

「酒を持ってきてあります。衣服に垂らして壺《つぼ》をその辺に置いておいてください」

そして彩蓮から預かった鍵《かぎ》でなんなく書庫の扉を開けた。手際がいい。こういうところが彼が特別優れているところではある。彩蓮は悠々と書庫に入ると、皇甫珪が持ってきた火種で明かりを灯《とも》し、棚に並ぶ書物を指でなぞった。

「どんな書物をお探しになりますか」

貞家の書庫で働く小真が尋ねた。

幽霊高明もいつの間にか天井に漂っている。幽霊が見えない皇甫珪を除いた彩蓮と小真は、助《すけ》っ人《と》の登場に破顔した。

「白亀についての書物よ。いつ、どうやって瑞兆《ずいちょう》の獣神が王に献上されたかを調べて欲しいの」

「かしこまりました」

皇甫珪は書庫ではいささか頼りない。小真が補ってくれるだろう。彩蓮と高明は右奥から、皇甫珪と小真は左奥から書物を漁《あさ》った。

そしてどれくらい探しただろうか。

油が尽きて、明かりが消えそうな時になってようやく彩蓮は目当ての書物、「霊鵬《れいほう》記《き》」を探し当てた。景国が始まった時からの神々について書かれた書物である。彩蓮は竹簡の束を縛っていた紐《ひも》を気をつけて解《ほど》く。

「武曜王、三年。淑国《しゅくこく》より白亀の献上あり。王、大いに喜ぶ。祝《いわい》の宴をすること三日。王、身を清めてこれを受ける」

武曜王といえば陵墓が盗掘にあった前王のことである。

淑国は明河を挟んだ隣国で、景国の宿敵でもある。彩蓮は武曜三年の史書を探し出すと、文字を指で追うが、なかなか見当たらない。

「武曜三年ごろといえば、淑と戦があり、大勝した年ではありませんか」

この中では一番、年上である高明が言うと、戦に関してはちょっとした知識のある皇甫珪が続いた。

「武曜二年に戦があり、我が国が大勝したのです。そこで淑ではたくさんの宝物を景に渡し、太子を人質に出して景に慈悲を乞《こ》うたのです。それで武曜王は淑国を赦《ゆる》し、両国は同盟関係いや、景が淑を隷属させたという経緯があります」

「淑って弱い国だったのね」

「現在の淑王は当時この国で人質になっていた太子ですが、この方がなかなかやり手で侮れない人だとか。一代で淑を盛り返したのです」

「ふうん」

賢王の象徴、つまり国の宝である亀はこの時に淑国からこの国へと渡ってきた。

「でもこの亀が王の亀とは限らないわ」

「ここをお読みください」

彩蓮は霊鵬記を差し出す高明の指先を見た。

「亀《き》、白きこと珠のごとし。小さきこと、手のひらのごとく。霊気は厳かにして、寄せ付ける者なし」

「騎遼が言っていた特徴と同じだわ」

皇甫家が真剣な声で言う。

「亀はどこに行ったのでしょうか」

「手がかりは一つ。女を見たという人がいるの。その女を捜し出したいわ」

彩蓮は火を吹き消すと、皇甫珪の背を追った。

7

彩蓮たちはそっと書庫を後にした。書庫の見張りを引きずって来て、建物の裏に放置するのは、もちろん忘れない。それなら交代がやってきても二人が酔いつぶれただけだと思い、書庫を荒らした人間を捜索することはないだろう。

「行きましょう」

ところが数歩も歩かない内に彩蓮は、視線を感じる。ちらりと見れば、すぐに柱の陰にこちらを見ている人がいる。何者だろう。皇甫珪の目が鋭くなって、柄《つか》を握った。

彩蓮は一歩、彼の後ろに退いたが、その人影はこちらが身構えたことに気づくと、柱の陰からさっと踵《きびす》を返して走り出した。

――女？

その服装から明らかに宮女である。彩蓮は皇甫珪に追うように目で命じた。頷《うなず》いた髭面《ひげづら》男は、素早く長廊に備えられた高欄を飛び越えたが、月は残念ながら雲に隠れた。闇となった宮殿はどこも同じように見えるものである。しかも皇甫珪は、女官たちが住む内廷の奥に不慣れだった。すぐに息だけを切らして左右を見回し、女を見失って

「くそっ」と悪態を吐いた。追いついた彩蓮は大男の肩を叩いて慰めた。

「すみません。見失いました」

「向こうに行くと宮女たちの住まいだわ。どうせ中には入れない」

「そこに潜り込まれては見つかりますまい」

「あなたはもう戻って。わたしが後は調べる」

「くれぐれも気をつけてください」

「ええ」

彩蓮は小真と幽霊を伴って、皇甫珪に別れを告げた。彼は心配げにいつまでもその後ろ姿を見送っていたが、内廷とはいえ、宮女たちの部屋の近くに男が近づくことは許されない。

そもそも誰が、なんの目的で亀を盗んだのか。先の淑国との戦を考えると、今回も淑国の仕業という可能性は濃厚である。目的は、

──王を害することが目的ではなく、王の名誉を失墜させることのように思われる。

「ただいま」

「どこにいっていたのよ」

部屋に小真と戻れば英蘭が戸口で待っていた。

「ちょっと風にあたりに行っていたの」

「皆で捜したのよ。もう就寝時間はとっくに過ぎているのは分かってる？」

聞けば、梅華に頼まれた黄英蘭までが彩蓮を捜したという。彼女は上着を脱いで、不満げにそれを寝台に投げた。少しは嫌がらせを悪いと思ってくれてはいたらしい。

彩蓮は素直に捜してくれたことへの礼と詫《わ》びを言いに彼女の前に立った。

「ごめんなさい、心配させて」

「あなたのためにしたのではないわ。梅華が頼んだからよ」

彼女は高飛車に答え、自分の寝台の中に入って帷《とばり》をぴしゃりと閉じてしまった。彩蓮と梅華は互いに肩をすくめ合う。

「英蘭は、足首を痛めたみたい。ほっといてあげてください」

梅華は「それより」と新しい布団を見せた。宦官《かんがん》が持ってきてくれたらしい。

「『あの方によろしく』って伝言を残していったそうです」

「気の利く人ね」

彩蓮は騎遼のそういうところが、好きではあるけれど、見張られているようで気持ちよくない。でも、おかげで今夜はこれでゆっくり眠れるのだから、彩蓮は、彼に感謝して、絹の布団の中に潜った。

「ご心配なく。僕が見張っています」

小真である。

小真はあぐらを掻《か》いて彩蓮の横の寝台に座っている。皇甫珪に言い含められているのだろう。化粧も落とさずに頑張っているが、よく男だとバレないものだと感心する。声は風邪気味だと誤魔化しても、やはり所作は男のもので、彩蓮はひやひやするが、何故か周囲の宮女たちには受け入れられていた。

「おやすみ、小真。あなたもしっかり寝なさいね」

「はい。彩蓮さま」

妹の小春とよく似た笑みが返ってきた。

疲れ切っていた彩蓮は、温かい布団にくるまれて眠りについた。そして夢に見るのは、皇甫珪との婚礼で、紅の衣を着て豚の丸焼きを思いっきり食べて、家族に祝福される。父もなんやかんやと言いながら、皇甫珪の杯に酒を注ぐ。それはあるべき未来の姿であり、幸福の一幕でもある。彩蓮はずっとその夢の続きを見ていたかった。

「彩蓮さま、彩蓮さま」

しかし、誰かがそんな彩蓮の安眠を妨げる。小真である。

「何よ!」

彩蓮は寝ぼけて、浄化の呪《じゅ》を唱えようと、右手を上げた。むろんそれに大きく手を振って小真は待ったをかける。

「お待ち下さい、お待ちを!」

「何よ!」

彼女は呪を唱えるのを止めて、体を起こした。

「あの意地悪な宮女、黄英蘭がいなくなったのです」

「英蘭が？」

所用かと思ったが、なかなか戻ってこない。彩蓮は上着を手に取ると、足首を痛めている英蘭を案じて靴を履く。確か、塗り薬があったはずである。巫医《ふい》の卵である彼女は、祖父の作った薬を持ち歩いている。高飛車な英蘭は痛む足を冷やしたくて、そっと夜に抜け出したに違いない。

しかし、いくら捜しても彼女の姿はない。井戸の周りも、手洗いにもいない。

彩蓮は捜すのを諦《あきら》め、うずくまった。

やはり宮殿の気は彼女には合わなかった。しかもろくなものを食べていない。宮女などというと聞こえはいいが、使用人である。麦と少しばかりの野菜。河で取れた泥臭い鱺《らいぎょ》が夕食に僅《わず》かに出ただけだった。

「部屋に戻った方がよろしいのではございませんか」

小真が心配げに彩蓮を覗《のぞ》き込み、「太子にお知らせしましょうか」と言った。確か巫医を待機させていると言っていたから、明日の朝にでも頼みたい。彩蓮は祖父からもらった佩玉《おびかざり》を撫《な》でると立ち上がった。英蘭とはきっと入れ違いになったのだ。今頃、部屋で寝ているに違いない。早く横になろう、と思った。

「うん？」

そこで何かを踏んだ彩蓮は一歩後ろに下がって目を凝らす。

小真が彩蓮の代わりに拾い上げ、彩蓮はつまんで月光に当てる。

「宮女の釵《かんざし》だわ」

宮女は揃いの銀の釵をしている。黄英蘭の持ち物だろうか。

彩蓮は袖《そで》で汚れを取ると、明日の朝に落とし物として届けるつもりで、袖の中に入れた。そこで奇妙な臭いが漂ってきて、眉《まゆ》を寄せた。

「何の臭いかしら」

「何かを焼いているようですね」

炊事場の方向から煙が、さやかな夜空に立ち上っている。こんな真夜中、消灯後に誰が炊事場にいるのだろうか。

彩蓮の六感が警鐘を告げる。

「ちょっと、小真、見に行ってきて」

「ぼ、僕がですか……悪い霊だったらどうするんです、それでなくても宮殿は恐ろしいのに……」

「人だったらどうするのよ。変態とか、怖い上級女官とか」

「一緒にいきましょう。変態だったら僕がなんとかします」

「もう！」

小心者の小真。

彩蓮は仕方なしに足を炊事場の方へ向ける。戸が半分開いており、明かりが僅かに外に漏れていた。彩蓮たち二人は恐る恐る――彩蓮は怖い女官ではないように、小真は悪霊ではないように祈りながら――中を覗き込む。しかし、そこにいたのはどちらでもなかった。竈《へっつい》の前に少女が一人、座り込んでいただけだった。赤い炎に照らされるその人は、間違いなく同室の黄英蘭である。その瞳《ひとみ》は暗く、孤独の色をしていた。

「英蘭」

彩蓮は声をかけてみた。はっと振り返った少女。

「あなた……」

うろたえた英蘭は立ち上がり、とっさに火箸《ひばし》を落とした。

「何を燃やしているの？」

彩蓮は竈の中を見ようとしたが、英蘭はその前に立ちはだかって隠した。彩蓮はむきになって落ちていた火箸を拾うと、一瞬の隙を突いて竈の中のものを掻き出す――。

「これは……」

出てきたのは手のひらほどの黒い物体だった。

亀の甲羅だと分かった時には、彩蓮の胸に痛みが走った。巫覡《ふげき》にとって霊獣は特別なものである。しかも白い亀《き》は国の宝であり、神と崇《あが》められる瑞兆《ずいちょう》だ。あってはならないことが目の前で行われた。

「なぜ、こんなことを……」

「………」

「黄英蘭！　なんとか言いなさい！」

顔を伏せていた少女が、キッと顔を上げた。その目には明らかな憎しみが込められ、彩蓮はその瞳の色に畏《おそ》れを抱く。彩蓮はそれほど恨まれる覚えはない。彼女はひるんだ。彩蓮は一歩後ろに下がり、英蘭は二歩前に進んで言った。

「これは淑の瑞兆よ。これを景は淑から盗んだの。そして王族を殺し、長い年月、淑人を虐げた」

「だからって亀《き》を殺すことはないわ。これは神よ！」

「神はあるべき場所、天に帰っただけだわ」

彩蓮はめまいがした。

そして淑人だという英蘭の愚かさを理解できなかった。彩蓮は手がやけどするのも構わず火から亀を拾い上げると、膝《ひざ》の上に抱いた。巫覡としてこれ以上の悲しみはない。天がないがしろにされるなどあってはならないことだった。彩蓮は涙が出てきて、英蘭を睨《にら》む。

「こんなことすべきではなかったわ」

相手もまた泣きそうだった。言いたいことを吐き出そうとして、喉《のど》の奥が詰まって声が出ないのか、顎《あご》だけを小刻みに震わせる。

「黄英蘭」

そこにしわがれた声がした。

振り向くと、魯女官が、武官を連れて立っているではないか。彩蓮は英蘭のためになんらかの弁明をすべきだと思った。しかし英蘭が声を出せなかったように、彩蓮もまた言葉を見つけることができなかった。

「魯女官さま」

「その娘を連れて行け！」

兵たちに捕らえられたのは、英蘭だけで彩蓮は地べたに座り込んだまま放置された。ただその膝に乗せられていた亀の甲羅を宦官《かんがん》に取り上げられたので、彩蓮が足に取り付くも振り払われた。彩蓮は宦官の袖を摑《つか》んだ。

「待って。お願い、それを持って行かないで……」

「これは王にお渡しします」

そう言われて何と答えられよう。これは王の瑞兆――。

彩蓮は英蘭と丸焦げの亀が連れて行かれていくのをただ見ているしかなかった。

「なるほど、では犯人の黄英蘭は淑人だったのか……」

「ええ。誰も知らなかったらしいわ」

五日後、彩蓮と騎遼は宮殿の庭にある美しい東屋《あずまや》で落ち合った。

「大変だったな、彩蓮。何も手助けできずに悪かった」

「いいのよ、あなたこそ大変だったのだから。捕らえられていた女官たちは解放されたの？」

「ああ。まるで何事もなかったようにね」

不満げに銀髪の美男子は言う。皮肉っぽい言い方は、嫌味はなくなぜか色気があるから不思議である。それを本人もよく分かっているのか、彼は、彩蓮の顔に近づくと、彼女の輪郭を撫で、耳朶《じだ》に触れる。そして得意の口説き文句を口にしようとした。

「艶《つや》やかな髪だ」とか「君ほど美しい人はいない」とか、そういう賛辞である。けれど、ここには一人重要な人物がいる——もちろんそれは、彩蓮の義兄にして婚約者、皇甫珪である。殺気を鋭くさせた。

「彩蓮に触るなと口で言ったらどうだ、皇甫珪」

「どうも口より体が先に動くもので」

睨みあった二人の男。火花が散って、互いに牽制《けんせい》し合う。

しかし彩蓮はその間に入る気など毛頭ない。

それより捕らえられた英蘭の方が気になる。彼女は淑人で景に恨みがあるようなことを言っていた。さらに調べた結果亀《き》の肉はどんな病にも効くと聞いて、田舎に住む病床の母に送っていたことが明らかになったが、母親はそれを食べなかったから、亀の死骸《しがい》はすべて回収することができた。母思いの英蘭がこれから受ける罰を思うと、彩蓮は気が重くなって吐息を何度もついた。肉を実家に甲羅を手元に置いた彼女の罪は考えるだけでも重い。しかし、そんな彩蓮の憂鬱《ゆううつ》は騎遼には無縁だった。

「王は大変お喜びだ。さすが彩蓮。貞家の娘だとおっしゃったとか」

「へえ」

「褒美もたくさん用意された。王は、君が玉《ぎょく》に目がないのをご存知だからね。山のようにくださるだろう。もちろん、貞家にもな」

彩蓮は曖昧《あいまい》に微笑んだ。

「正直言って、この事件は後味が悪いの。英蘭は一晩だったとはいえ、同室だったのだし、亀《き》の甲羅が焼かれているところを生で見るのは心地いいものではなかった」

「忘れるんだ。その方がいい」

「甲羅を焼く臭いは、ひどいものだったわ。神を焼くとあんな臭いがするのね」

「彩蓮……」

「焼くなんて……本当にいけないことだった。もう少し早く気付けばよかった」

「君が悪いわけじゃない」

「なんで焼いたりしたのかしら……」

「証拠隠滅だろ？」

「もう一度、甲羅を見ることはできない？」

「無理だろう。すでに封印されている。廟《びょう》に移されるまでの間は門外不出のはずだ。そもそもこんな事件はあってはならなかった。王は初めから白い亀など存在しなかったとおっしゃって、幕を閉じることになさった。苦渋の選択であられたことだろう。書庫の書物からも白い亀についての記録は全て消されることになる」

「英蘭の処罰については知っている？」

「英蘭もまた初めから存在しなかったことになるだろうね」

「命は助かるの？」

「この世に存在しないとは、どういう意味か分からないほど、君は馬鹿ではないと思うけれど？」

　王の象徴を盗み、焼いた罪は謀反である。どう言い訳しようと許されることはない。

「それより、王の褒美とは別に俺からも何か贈ろう。何がいい？　釵《かんざし》がいいか、指輪がいいか」

彩蓮は微笑んだ。

「いらないわ。いつもあなたは必要な時に必要なものをくれるもの」

それに微笑みが返ってくる。彩蓮は友人に素直に感謝した。

「布団、ありがとう。それに化粧箱とか盥《たらい》とか、身の周りのものは用意していなかったから助かったわ」

騎遼は眉《まゆ》を寄せた。

「俺はそういった物を贈った覚えはないが——」

「え？　だってあなたからだって言っていたわ。見て。この釵もそうよ？　とても可愛いでしょ？　あなたの趣味かと思ったわ」

「本当に俺からだと？」

そう言われて初めて彩蓮は記憶を手繰り寄せる。

宦官は確か言ったのだ。「あの方から」だと。当然、それは騎遼だとばかり思っていた。

騎遼は顎に手を置いて考え込んだ。

「俺の他に誰かが君の周りにいるようだね」

「誰？」

「さあ。貞家は宮廷のどこにも手を伸ばしている。太祝ではないか」

「そうね。お祖父《じい》さまね。帰ったらお礼をいうわ」

「それがいい」

二人は微笑み合って、また皇甫珪の咳《せき》払いに合ったが、これは友情である。彩蓮が極力、平気な顔をしているとしても、宮殿の気が彼女の気分を悪くするのを、騎遼は知っている。そんな彼女に本気で「俺の妻になれ」とは言わない。だから、皇甫珪をからかうように二人は握手した。

「じゃ、わたしはもうここに用はないから帰るわ」

「ああ。送っていけなくて悪いな」

「いいのよ、そんなこと。元気でね」

彩蓮は立ち上がった。これで体調が悪くなる宮殿ともおさらばだ。

しかし──。

その横を、戈《ほこ》を持った武官たち、五、六人ほどが、旋風《せんぷう》のように走り抜けていった。その後に宦官がわらわらと続く。ただ事ではない。武具を着ている兵士たちの姿に騎遼は顔をしかめ、見知った顔を見つけた皇甫珪は、すぐその腕を摑んだ。

「おい、何かあったのか？」

「宦官《かんがん》の死体が出た」

「何？　死体？　誰のだ？」

「呑兵衛《のんべえ》の永文とかいう男だ。酔って池に落ちたらしい」

彩蓮は思わず自分の頬に触れた。魯女官の居所で、彩蓮の頬を殴った男だった──。

第三章　鴆毒

1

「酔って池に落ちた——ですって？」

皇甫珪と騎遼とともに引き上げられた死体を見下ろした彩蓮は思わず言った。

「これは、撲殺じゃない」

しかし騎遼が口を塞《ふさ》いで彼女の言葉を止める。

「酒で酔って落ちた『事故』だ」

騎遼は扇を広げて彩蓮の耳にささやくと、皇甫珪に彼女を託して東宮殿の方へと足早に去って行った。こういうことに関わるのは良くないのを知っているのである。彩蓮も騎遼の忠告に従い、野次馬の中に紛れて、その場をそっと離れた。

遺体発見現場から少し行った所にある静かな朱色の橋の上に立つ。ここからなら彩蓮がいた東屋も、宦官の死体が上がった池の畔《ほとり》も見える。銀色に輝く水面《みなも》で羽を休める鴨が、悠々と橋の下を泳ぎ、大河のように大きな池の中央へと向かって行った。

「あなたは死体を見てどう思った？」

彩蓮は朱色の橋の真ん中で皇甫珪に尋ねた。彼は、彼女の背後から大きな体を折りたたむと耳元で答える。

「死んで間もない死体で、縛られた痕《あと》も抵抗の気配もなく、一方的にやられた様子です。はだけた衣から見えた体には、殴られた痕がなく、執拗《しつよう》に顔面のみを殴打されていると思われます」

「死んだ後に池に投げ込まれたと見ていい？」

「はい。ただし――」

「ただし？」

「撲殺ではないのではないでしょうか」

「？」

彩蓮は大男を振り返り説明を求める瞬《まばた》きをした。

「彩蓮さまも見られたでしょう。なにか斑点《はんてん》のようなものが手首にできているのを――毒ではありませんか」

皇甫珪は死体の手足に斑点ができていたのを見逃しはしなかった。彩蓮は巫医《ふい》とはいえ、まだ卵で、死体を見た数は皇甫珪には明らかに劣る。

「永文の幽霊にできたら話を聞きたいのに、この場に留《とど》まっていない。普通ならこのあたりにいてもおかしくないのに」

「すでに浄化済みでは？」

「…………」

浄化されると霊はこの世から存在しなくなる。浄化されているということは、巫覡《ふげき》が関わっている。いや、幽霊自身が恐ろしい現場から逃げたかもしれないし、他の所で殺されてそこにいるかもしれない。彩蓮は腕組みをする。

「関わりにならぬことです」

「分かっている。でもあえて池に放り込んだとしたら、これは見せしめよ」

「恨みを多く買っていた男で有名です」

「でも気にならない？」

「気になりません」

彩蓮はきっぱりと答えた皇甫珪を無視して、木の陰に隠れていた高明に永文の霊を捜してくるように命じた。もちろん皇甫珪は不満顔である。

「そろそろ帰った方がいいのではありませんか。皆が彩蓮さまの帰りを待っていま
す」

彩蓮とて帰りたくないわけではない。さっきまで帰る気満々だった。しかし新たな死体を見てしまった後では立ち去り難い。皇甫珪はそうなるのが分かっているから、こんな風に彩蓮を見るのである。

「せめて幽霊を見つけて事情を聞いてから――」

「宮廷には宮廷の巫覡である巫官《ふかん》がおります。ちゃんと官職や手当をもらっている官吏です。そういう者らの仕事を邪魔するのはよくありません」

「意気地なし」

「はい？」

「意気地なし。宮殿が怖いんでしょう」

「俺は、宮殿も貞家も幽霊も亀も怖いです。特に彩蓮さまのことが怖いですけど、それでも申し上げているのです。それに明らかに人間による殺人ではありませんか。我らが出張《でば》る話ではありません」

「だって」

男は困ったなと肩をすくめた。

「あなたのことが心配なのです」

「分かっているわよ、そんなこと……皇甫珪を困らせたいんじゃない」

彩蓮は口唇を尖《とが》らせたが、指は彼の手を探して、ほんの少しその指先に触れて離れてみた。とっさに皇甫珪のがさつで大きな手が彩蓮の手を摑《つか》む。誰もいない宮廷の庭は色づく草花の風にそよぐ音と、穏やかな鳥の声がするのみで人の影はない。長雨も今日ばかりは休みで、高く青い空を見せ、木々の枝の間から漏れた陽《ひ》が彩蓮の白い頰を照らした。

二人は見つめ合った。

「彩蓮さま……」

抱きしめるのが自然な流れで、さすがに鈍感な皇甫珪も腕を彩蓮の背中にまわし、彩蓮も彼の腕を自分に引き寄せる。彼の息遣いはそこまで来ていた。

「彩蓮」

しかし、聞き覚えのある声がしたかと思うと、橋の向こうに宦官と女官をたくさん引き連れた王の姿があった。よく見れば、現場を立ち去ったはずの騎遼も後ろにいる。どこかで捕まったのだろう。皇甫珪はすぐさま跪《ひざまず》く。彩蓮はさっと顔から血の気が失《う》せた。皇甫珪とは婚約している間柄だが、宮廷にいるからにはそれを言い訳にはできない。今は宮女と武官だ。

「彩蓮」

王は供と騎遼を橋の袂《たもと》に残すと一人、彩蓮に近づき、にこやかに微笑んだ。騎遼とよく似ている銀髪に金の小冠をして、黒衣に錦糸《きんし》で麒麟《きりん》を刺繡《ししゅう》した衣をまとう。切れ長の目で、顎《あご》のすっとした美男である。

王は橋の欄干から、先程、彩蓮と騎遼がいた東屋《あずまや》の方を扇の先で指した。

「ここからお前を見たよ。まるで一幅の絵のようだった」

「…………」

「私も昔はよくあの東屋を使ったものだ。夏は蓮《はす》が咲き乱れとても美しい。白や桃色の花が蒼《あお》い葉から顔を出す様を毎日飽きもせず眺めていた――」

王の目は細くなって、今ではない、ずっと昔の光景を思い出そうとしていた。ただし、その瞳《ひとみ》が、皇甫珪を捉《とら》えると、急に冷たくなった。彩蓮は慌てて共に跪こうとしたが、制止を命じる王の手のせいで、立っていることも座ることもできなくなって、中途半端に中腰で頭を下げた。

「連れて行け」

王は武官に皇甫珪を捕らえるように命じた。

彩蓮は慌てた。王はそんな彩蓮に微笑む。

「心配するな。少し罰を受けるだけだ。見ていた者がいるのだから、全てをなかったことにはできない。掟《おきて》というものは私が生まれるずっと前からあったもので、王とて簡単には変えられないのだからね」

くすりと笑ってみせて、情けなく眉《まゆ》を傾けた彩蓮の頭をぽんぽんと叩《たた》いた。

「彩蓮──」

「はい」

「お前の名前はまさしくこの池のことのようだ。そう思わないか」

彩蓮は連れて行かれる皇甫珪の背中を追いながら、広大な池を見渡した。青い蓮の葉と白と薄紅色の花で埋め尽《つ》くされて、高貴にして清廉である。その水面《みなも》が陽の光を集めて、花は七色に輝く。

「花が咲き乱れるこの時期は特別いい。火を焚《た》かせて花の色を夜に浮かび上がらせるのも乙だね。先々帝の、亡き父上がご健勝であった頃はそういう趣向の宴《うたげ》がよくあったものだ」

橋の向こうで、皇甫珪が殴打されている音がした。

彼は彩蓮に心配をかけまいと決してうめき声を出さない。彩蓮はそれが余計に切なくて涙が出てきた。王に話しかけられても、自分から声をかけてはいけないのは知っている。でも皇甫珪がひどい目にあっているというのに、知らぬ顔はできない。彩蓮は顎を上げた。

「お願いです。皇甫珪をお許しください」

「…………」

「お願いです」

王はそれになぜか寂しそうに微笑んだ。

「お前がそう言うのならそうしよう」

手を上げて武官たちを止める。ここから皇甫珪の姿は見えないが、立ち上がった様子はない。彩蓮はすぐに駆け寄ろうとしたけれど、橋の袂にいる騎遼が僅《わず》かに首を振ったので思いとどまり、つま先をじっと見つめた。そして恋仲になった武官と宮女には死が与えられると梅華が言っていたのを思い出すと、これは温情なのだと言い聞かせて、泣きそうな顔をなんとか改めた。

「お慈悲に感謝します」

「彩蓮。あの東屋をお前にやろう」

「え？」

「好きに使うがいい。絵を描くなり、楽を奏でるなり、昼寝をするなり、お前が気の向くままに使うといい」

王は本当にいいことを考えついたとばかりに、一人頷《うなず》くと、騎遼を扇で呼んだ。

「案内してやれ。向こうは、もっと花が咲いていて美しかった」

王は愉快そうに長い裾《すそ》を引きずって橋を後にする。彩蓮はちらり騎遼を見た。

「心配するな。皇甫珪を殴っていた武官は俺の配下だ。手加減はしている」

「無事なの？」

「王の手前、しばらくは動かさない方がいいだろう。貞家に連れていくように言っておく」

「ありがとう……」

「それより行こう。王に『命じられた』のだから」

2

「今日の王の機嫌は最悪だ」

二人は入り組んだ築山《つきやま》へ供人から逃げるように入り込むと、巨大な奇石と奇石の間で騎遼は、声を潜める。

「どういう意味？」

「今朝の朝議で淑国が揶国《やこく》と同盟を組むことにしたと聞いて機嫌を損なったんだ。君は運がいい。貞家の娘でなければ、殺されていた。王は自分の体面を傷つけられてはならないんだ。それは父上に限らない。どんな王だってそうなんだ」

「だってわたしは、本当は宮女ではないし……王さまもそれを知っているわ」

「でも今は宮女だ。そうだろう？」

彩蓮は押し黙って不服そうな顔で騎遼を見る。彼は吐息を漏らす。

「今から、東宮殿に来るといい。夜になったら后《きさき》にしてやろう。そうしたら君は——」

「そんな冗談を聞いている気分ではないわ」

「……俺が言いたいのは父上に用心しろってことだ」

彩蓮は長いまつ毛を瞬かせた。

「大切にしている東屋を君にやるなんて、明日には淑が放つ矢の嵐になるよ」

「そんなに大切にしているものなの？」

手入れは行き届いており、風情もあるし、場所もいい。しかし、大人四人が座れば一杯になってしまう小さな建物にそんな思い入れがあるとは思えない。一、宮女に与えられるようなものでもないが——。

「父上の思い出の場所なんだ」

騎遼は言い迷うように半分だけ口を開け、すぐに閉じると、彩蓮の両腕を掴《つか》んで向き合った。

「皇甫珪の命は心配ない。貞家が守ってくれるだろう。だが、ヤツのことは、もう忘れるんだ。そうでなければ貞家も皇甫珪を守りきれないだろうし、そもそもヤツは血縁者ではない」

「どういう意味？　皇甫珪の母親は正妻でないにしろ父の妻の一人だわ」

「そんな縁は無関係と同じだ」

皇甫珪は家族である。彩蓮は何かもっと言ってやろうとした。しかし、騎遼の方が先に言葉を形にする。

「君を后にしたいと言ったのは、俺が君を好きだからだ。君は俺の勇気を後に称賛するだろう」

「もうふざけないで……」

笑い飛ばそうとして、騎遼の真面目な顔と視線がぶつかった。いつもの軽口を叩く彼と違ってその目は真剣だったし、目と目が合うととっさに彩蓮を強く掻《か》き抱《いだ》いた。しかもその抱擁は、彼女への友情で溢《あふ》れ、浅ましい色恋の打算など何もなく、心から彩蓮のことを案じていた。そして彼の肩越しに彩蓮が見たものは——後宮に続く塀と甍《いらか》の波だった。

「騎遼……」

「手遅れになる前に、東宮殿に来い」

「でも……」

「他に君を守る術《すべ》を俺は知らない。王は明らかに君に興味を示した。で、今夜、お召にあったらどうする気だ？　それは君の運命で、それを君は受け入れるだろうけれど、君を想って来た俺はどうしたらいい？」

「それは――」

「以前から、王は君に過度の褒美を与えていた。君の父親と王は、幼い頃からの友人だと聞いている。だからだと思っていたけれど――きっとそれだけではない。王のお心は決まったように見えた」

まさか王がそんな風に自分を見ていたなど思いもしなかった彩蓮は戸惑いながら顔を上げた。ここに皇甫珪はいない。

高明も永文の霊を捜しに行ったきり戻ってこない。

「せめて日が落ちるまででいいわ。少しだけ時間をちょうだい」

「分かった。王も公務がある。夜遅くにならなければ、君のことを思い出さないだろう」

「ええ」

彩蓮は騎邃に感謝して築山を出た。

でも一体誰に相談すればいいのだろうか。

梅華は言えば喜ぶだろう。そして彼女は選ばれない自分を惨めに思う。彩蓮の気持ちを理解できるとはとても思えなかった。

――そうだ！

それで瑞兆《ずいちょう》に囲まれている男、令兄を思い出した。

あの男なら囚《とら》われの身のようだから、そこから話が漏れることもない。飄々《ひょうひょう》としていて宮殿のことにも詳しそうである。そして何より、あそこの空気は彩蓮に合っていた。同じ宮殿内とは思えないほど静謐《せいひつ》で、温かみがあり、飲んだ白湯《さゆ》はどんな清水で淹《い》れたものより美味だった。

「令兄！　令兄」

先日、潜り込んだ穴はまだあり、彩蓮はそこから潜り込む。好奇心旺盛《おうせい》な栗鼠《りす》が彼女のまわりを走り回り、白い鳥が客の訪れを主《あるじ》に告げる。

「彩蓮ではないか」

彼は相変わらず、廟《びょう》の裏手で菜園の手入れをしていたのか、汚れた手を払いながら出てきた。白木蓮《はくもくれん》が似合いそうな清廉とした優男である。漆黒の瞳《ひとみ》に、少し乱れた黒髪が、優しげな表情を引き締めている。

しかし今日の彩蓮は男の容姿にかまっている場合ではなかった。

令静が湯を沸かし、茶碗《ちゃわん》にそれを注ぎながら、「どうしたの」と尋ねると堰《せき》を切ったように今日の出来事を話し出した。彼はあっけに取られながらも、うむうむと相槌《あいづち》を打ち、腕組みをし、あるいは顎《あご》に手を当てて彩蓮の話を聞いていたが、終《しま》いにはなぜか笑いだした。

「何で笑うんですか」

「いや、悪い。王はなんと滑稽《こっけい》な男かと思ったんだよ」

「滑稽？」

「ああ。これを滑稽と言わずに何を滑稽という？」

彼はもう一杯、湯を注いだ。そしてまたひとしきり腹を抱えて笑ったかと思うと、説明を求める彩蓮に「悪い、悪い」と言って、緩んだ顔を引き締める。

「王はあなたと太子をくっつけたいのだよ」

「え？」

「彩蓮は貞家の娘だ。あなたが望まなければ、貞家も諾とは言わないだろう。ならば、自分が、気があると臭わせて、若い二人が王の寵愛《ちょうあい》を受ける前にと先走ったらどうだろう。そして親たちに何も言わずに結婚してしまったら？　貞家はなかったことにはできない」

「騎遼は知っていたのかしら？」

「太子はどうだろう？　演技は上手《うま》かったか？」

「あれは演技ではなかったと思う」

「なら純粋に親切心だろう。王はそういう人の心というものをよく分かっている。しかし滑稽だ。そんな手の混んだことをして『運命』を作り上げようとしているなんて」

彩蓮は明るくなった。

「じゃ、今日は部屋に戻っても大丈夫ということですか？」

「さあ。でも心配ならここに泊まっていくといい。神々も君を歓迎するよ」

「皇甫珪が心配」

「太子の部下がやったのなら、案ずるには及ばない。骨が数本折れているぐらいだろう」

「それが心配なんです……」

「禁軍武官だろう？　それなりに鍛えているし、自分がしでかした不始末をよく分かっている」

「ただ背を抱いただけなの。何もしていないわ」

「それはある種、接吻《せっぷん》より卑猥《ひわい》だ」

「？」

「詩的だと言いたいんだよ」

大人の男の詩情はよく分からない。

ようやく安心した彩蓮は令兄を無視して顔だけ殴打された宦官《かんがん》の話をした。それが彩蓮を殴った男だとも。彼は流石に笑わなかったけれど、凭几《ひじかけ》にもたれて、顎を撫《な》でる。考えている時の彼の癖のようだった。

「それは興味深い事件だ。顔のみを殴打されているのは何か理由があるのかもしれない」

「別の理由？」

「酒癖の悪い永文は王の側近だ。だから酒で問題ばかり起こしても宮中で庇《かば》われて来たが、不審死をすれば皆、知らぬ顔だ」

「よく知っているんですね？」

「昔は、それなりに宮廷の事情を知っていた。永文が王の側近になったのはかなり前の話だよ」

そういえば、魯女官も問題行動を起こすからここに引き取っているような話をしていた。問題など起こせば本当なら罰せられてすぐに牢《ろう》に入れられるのが宮廷の掟《おきて》だろうに。しかも酒が自由に飲めるとはいい身分である。彩蓮は宮殿に来て宦官や女官が飲んでいる姿を一度も目にしていなかった。

「呑兵衛《のんべえ》永文の死は少し調べてごらん。きっと面白いことが明らかになるだろう」

「そうしてみます」

「それで亀は結局どうなったんだ？」

「あなたの言うとおりでした。『初めからそんなものは存在しなかった』ってことで落ち着いたの」

「そうなると思った」

「わたしは淑が裏で糸を引いていると思っているんです」

「淑はいつだって裏で糸を引いている」

「まったく嫌な国です」

男は曖昧《あいまい》に微笑み、白い毛に赤い目をした栗鼠に庭の栗の実を与えた。

彩蓮は素直に礼をいい。今夜はここに泊まらせてもらうことにした。客間の奥に寝室があり、出入口に近いところに普段は神々が使っていると思われる寝台がある。令静がそこに余分な布団を敷いてくれたから、やり過ごすことが出来るだろう。

3

夜半、門を叩《たた》く音がする。しつこく叩き、「彩蓮！」と声までする。

彩蓮が起き上がると、肩に衣を羽織った令静も奥から出てきた。

「騎遼だわ」

「心配して来たのだろう。私のことは秘密だよ。良からぬことを吹き込んだと罰を食らうかもしれない。禁軍の兵士ではないから数回殴られただけで立ち上がることもできなくなる」

「もちろん、黙っています」

迷惑を掛けてはいけないと、彩蓮はすぐに立ち上がり、頭をペコリと下げて、開いた門から一歩出た。待ち構えていたのは、腹を立てているらしい騎遼と兵士たちである。

「なぜこんなところに」

「ここの空気はわたしを癒《い》やしてくれるの。霊廟《れいびょう》だから」

「ここにはもう来るな」

閉められて行く戸。

彩蓮の背後で隙間から見えるのは、荒れた庭しかなかった。令静も神々も皆、騒ぎを恐れて廟の中にいた。パタンという音とともにこちらとあちらを区切られると、彩蓮はなぜか言い表し難い虚無感に襲われた。廟の中こそ楽園で、皆が羨《うらや》む宮殿はただ浅ましい世界が広がっているだけだと感じたからである。でもそんなことを知らない騎遼はこのことは口外しないように強く言うと彩蓮の手を取って歩き出した。

「皇甫珪が待っている」

「家に帰ったんじゃないの？」

「俺はそう言ったんだ。だが、君のことが心配だと言うから東宮殿にとどめている」

「迷惑を掛けたわね」

「それが分かっていてなんで戻って来なかったんだ」

「だって――わたしが思うに、王はわたしたちをくっつけたいと思っていると思うの。だから東屋《あずまや》をくれたのよ。太子と貞家の娘を結ばせれば、次の王は巨大な力を持つことになるわ。王と貞家との目に見えない力関係の問題だって解決されるわ」

騎遼はそれを鼻で笑った。

信じてはくれなかったようだ。

「さあ、行こう、彩蓮」

騎遼に心配をかけてしまった彩蓮は彼の後に続いた。

「呑兵衛宦官《かんがん》の永文のことだが、撲殺ではなく、毒殺だったようだ」

「皇甫珪もそう言っていたわ」

「これは正式な報告を聞いたのではなく、調査している者を懐柔して知ったんだ。ただ殴られたのは生きていた時で致命傷が毒だったって話のようだ」

「なんの毒？」

騎遼の足が止まった。そして彩蓮を見るとその耳元で愛をささやくかのように言った。

「鴆毒《ちんどく》らしい」

「ち、鴆毒」

彩蓮の口を騎遼が押さえる。

鴆は伝説の鳥である。その羽から取れる毒を鴆毒と言う。

書物には鴆は鶏に似た生き物で、長い尾を持ち、毒蛇を食べる。非常に強い毒性を羽にもっているため、羽を酒に浸けただけで人を殺せるほどの毒酒となる。ただ、太古より貴人の賜死や毒殺に用いられるため、記録にはあるが、王朝の闇の部分に関わるということもあってその鳥を彩蓮は見たことはないし、毒も扱ったことはない。

「宦官を殺すには過ぎた毒だ」

彩蓮は騎遼を不安げに見つめた。彼は彼女の背を押して部屋へと誘《いざな》い、そして寝台で横になる皇甫珪と引き合わせてくれた。

「申し訳ありません」

包帯を胸に巻く彼は青あざを顔に作り詫《わ》びた。彩蓮は胸が締め付けられる思いに駆られ、彼を抱きしめてやることさえも忘れて立ち尽くしてしまった。彼女と関わる度に彼は傷つけられてしまう。

「心配するな。肋《ろっ》骨《こつ》が数本折れているだけだ。こいつならすぐに起きられる」

騎遼の言葉に、皇甫珪も声も出せない彩蓮に心配するなと頷《うなず》き、微笑んで見せたけれど、その微笑みがどうも悲しげに見えて、何を彼がそんなに憂えているのか分からない。また、それが王が昼間に見せた悲しそうな笑みに似ていたのを思い出すと、彩蓮は泣きたくなった。

「彩蓮さまをよろしくお願いします」

「ああ……心配するな」

「はい」

皇甫珪はだらりと下がった彩蓮の腕を摑《つか》むと手のひらを強く握った。

「また明日お会いしましょう」

嘘が苦手な男が、微笑んでそう言った。

「行こう、彩蓮。皇甫珪を休ませてやるんだ」

騎遼は彩蓮のもう一方の腕を引いた。皇甫珪と彩蓮の手がゆっくりと遠のき、指先だけが掠《かす》れて離れる。

「彩蓮」

騎遼は立ち尽くす彩蓮の名を呼んで促す。

彼女はじっともう一度、皇甫珪を見つめ、彼が視線を逸《そ》らしたのを見ると、悲しみを抱えて歩き出す。

「騎遼」

彩蓮は部屋を出ると彼を引き止めた。

「うん？」

「ありがとう。助けてくれて」

「…………」

「ありがとう」

彼もまた複雑そうな笑みを浮かべる。

「君が言ったんだ。俺たちは礼を言い合うような仲ではないと。友なのだから」

「ええ。そうだった。あなたはわたしの一番の友達――」

彩蓮は、長廊を大勢の宮女と宦官に付き添われながら、心細くてならなかった。それは静謐《せいひつ》な夜に冷たい氷輪が昇っているからだろう。大きく左右に開かれた扉の敷居を跨《また》いだそこは、騎遼の寝室――。

彼は王が彩蓮に興味を示したと思っている。騎遼は彩蓮を守らなければならないと思って、ここに連れてきた。紫の珠簾《たますだれ》が寝室で揺れ、明かりを集めて妖《あや》しく光る。彩蓮は、戸惑い、彼の差し出す手に手のひらを重ねることに躊躇《ちゅうちょ》した。北方から取り寄せたのか、夜合樹《ねむのき》の花が咲いているのを見ると怖くもなった。

「彩蓮。俺にはこれ以外に君を守る術《すべ》を知らないんだ。正寧殿にはもう使いをやって伝えた」

「騎遼……」

騎遼は、彩蓮の輪郭を優しく撫《な》で、その唇を指で触れる。

「やはり、お祖父《じい》さまに連絡をした方がいいわ」

「もうそれもしてある……貞家も異議を唱えなかった。王の内意より俺を取ってくれたんだ」

「そう……」

――亀などかまわなければよかった。

彩蓮は後悔で一杯になった。皇甫珪は今頃何を思っているだろうか。

騎遼は不安にかられる彩蓮の気持ちを汲《く》んで、そっと抱きしめてくれた。「大丈夫だよ」と。彩蓮の胸の鼓動はそのせいで速まり、心細さから彼を抱きしめ返す。

「彩蓮」

騎遼が彩蓮の顎《あご》を上げ、ゆっくりと顔を近づける。

――違う。

でも振り払うだけの勇気はなかった。彼もまたきっと複雑な気持ちを抱えて、そうしているのだから。

「心配するな」

女官が宮女に命じて火を一つ一つ消して行き、部屋はゆっくりと夜の闇に覆われていくのを二人は部屋の真ん中で見つめていた。

「行こう」

騎遼が薄絹の帳《とばり》をめくる。

「ええ」

中には一つだけ明かりが寝台を照らしていた。彩蓮はそこに一歩踏み出そうとした。しかし——その時、表の方が騒がしくなる。

「王より祝いの酒が下賜されました」

彩蓮と騎遼は顔を見合わせる。しかもそれを持ってきたのが、老齢の魯女官だというから、無視はできない。

「どういう意味？」

「さあ。王は形ばかりでも祝う姿勢を示されたのだと思う。本当に祝う気があれば、酒だけでなく多くの下賜品をよこすはずだから」

そして当惑している二人の前に、笄《こうがい》に紐《ひも》を垂らして正装した魯女官が現れた。目が悪いからか、それともただ役目に徹しているからか、彩蓮の顔を見ることもなく、同じく正装している女官に盆に乗せた二杯の杯を二人の前に差し出すように命じる。勅を読む宦官もおらず、ただ本当に酒だけが目の前にあり、騎遼は眉《まゆ》を寄せたが、魯女官に限って間違いはない。魯女官は王の最も古くからの女官であるのだから。

「金の杯を太子が、銀は太子妃がお飲みください」

「…………」

　騎遼は銀の杯を手に取ると、彩蓮の手に載せて、自分は金の杯を手に取る。

「我らの友情に」

　騎遼は彩蓮の杯に自分の杯をぶつけて、高い金属の音を鳴らすと二人は杯を呷《あお》った。同時に飲み干し、互いに顔を見合わせたが、騎遼の目がおかしい。

「騎遼？」

　彼がむせ、咳《せ》き込むと同時に黒い血を吐いた。

　──毒！

　そう気づいた時には、彼は彩蓮の肩を摑んで床に倒れ込んだ。血は治まらず、口を赤く染める。

「誰か！　誰か！　誰か来て！」

　彩蓮は叫び、女官たちが現れたが、皆立ち尽くすばかりで何もできない。彩蓮は呪《じゅ》を唱えた。死にかけた人間の魂をこの世に引き止めるほど、強い力は持ち合わせていないけれど、彩蓮は大切な友を失うわけにはいかない。なんとしてでも、医者が来るまでは食い止めなければならなかった。

「お願い！　誰か、騎遼を助けて！」

　皇甫珪もいない。

　彩蓮は祖父からもらった佩玉《おびかざり》を握りしめる。しかし、白く輝く騎遼の魂は体から離れて行こうとする。彩蓮はそれを握ると、胸へと押し込める。何度も何度も胸に魂を押し込み、霊気を使いすぎた彩蓮は気が遠くなるのを感じた。いつもの彼女なら自分の未熟さを知っているから、佩玉があっても過信などしないのに、騎遼を助けたいばかりに、彼女の持てる全ての力を吐き出した。

4

「彩蓮」

「…………」

「彩蓮」

誰かが彩蓮の名を呼んでいる。彩蓮は眠気の底にいて、目を覚ましたくなかったけれど、その呼びかけがとても切羽詰まったものであったので、寝ていたいのを我慢して目をゆっくりと開けた。

「彩蓮」

「騎遼？」

「早く目覚めてくれ。巫官《ふかん》たちが俺たちを追っている」

なぜ巫官が自分を追うのだろう。彩蓮は貞家の跡継ぎである。

「滅せられたら、まずい」

彩蓮は起き上がった。そこは騎遼の寝室ではなく、薄汚い物置で、使われなくなった調度や持ち主のない布団などが、無造作におかれている。

「どうしたの？」

「どうやら俺たちは体から魂が抜け出してしまったようだ」

彩蓮はよく分からずに自分の手を見た。白く発光して透き通って見える。彼女ははっと、騎遼を見る。彼もまた白く透き通っていた。

「これって——まさか魂魄《こんぱく》が分離してしまったわけじゃないわよね？」

「どうやらそのまさかのようだ」

人間は魂魄でできており、死ねば精神を司《つかさど》る魂《こん》が天上に、体を司る魄《はく》が地中に帰って死ぬ。魂と魄が思いがけなく分離すると、まれにこのように中途半端な霊体となるのを彩蓮は知っていた。

「俺たちの体が、ちゃんと生きているのを俺は見た。でも巫官が浄化に走っているんだ。滅せられたら、本当に死ぬことになるだろう」

「そんなはずはないわ。貞家の者がわたしを害することはない」

「君を狙っているかどうかは分からない。少なくとも俺のことは殺す気だ」

「どうして……」

「魯女官が酒を持ってきたところからして疑うべきだった」

彩蓮は首を傾げた。

「あのババアは淑人だ」

「え？　それがなんで王の最も信頼されている女官に……」

「話せば長い。行くぞ」

騎遼は彩蓮を抱き起こし、戸口に連れて行った。そこには幽霊高明がふらふらと宙を浮きながら番をしており、彩蓮に青い顔を更に青くしてひゅるりと近づいてきた。

「ご無事でなによりです」

「無事だと言えればね」

「まだ生きていらっしゃるのだから大丈夫ですよ。足を御覧ください」

確かに高明はふらふらと実体をもたずに浮いているが、彩蓮たちはまだちゃんと地に足をつけている。触ろうと思えばなんとか物にも触れることができるから、完全なる幽霊とは違うらしい。

「まさか自分が霊になろうとは思わなかったわ！」

「嘆いていてもしかたがない。逃げよう」

二人は明かりを避けて闇へ闇へと逃げ、以前来たことのある岩でできた築山《つきやま》を目指した。あそこなら静かで人の目がないし、入り組んでいて隠れやすく逃げやすい。騎遼はそこの地理に詳しいらしく、迷路のような築山を迷うことなく案内してくれた。

「皇甫珪は大丈夫かしら？」

　高明が答える。

「あの方はどうやら野性の勘で彩蓮さまの体と魂が分離したと気づいている様子で、骨折を押して彩蓮さまを捜しています」

「どうして分かったのかしら？」

「貞家に長くお勤めです。魂魄が魂と魄でできているのも知っているでしょうし、まず、彩蓮さまが死ぬとは思わないのでしょう。でも霊感がありませんからね――『なんで俺は視えないんだ！』と頭を机に打ち付けていらっしゃいました」

「それなら大丈夫ね……皇甫珪らしい」

　騎遼もくすりと笑う。でも彩蓮はすぐに顔を真剣なものに変えた。

「でもなんで、淑人はあなたを付け狙うの」

「亀の件も父上と俺を仲違《なかたが》いさせるのが目的の一つだったと思う。でも父上は俺への信頼を揺るがさなかったし、結局、淑人の仕業と判明した」

「ええ」

「実は王宮には秘密がある」

　彩蓮は瞬《まばた》きをして騎遼を見上げた。

「父上は武曜王を弑《しい》して王位についたんだ」

彩蓮は目を見開き、息を飲んだ。彩蓮が聞くところによれば、前王は心の臓の病があり、ある日突然身罷《みまか》った。後嗣には弟が立ち、有能な現王は景を強くして、隣国の淑と中原《ちゅうげん》の覇権を争っている。賢君と呼ばれている現王にそんな過去があるとはとても思えなかった。

「武曜王は親淑派だった。父上はある日、それに不満を抱いて突然反旗を翻し、鴆毒で殺したんだ。ちょうど君が生まれたころの話だよ」

「まぁ」

「武曜王に関係ある人間は全て殺された。ただ一人生きているのが、魯女官さ。あの婆さんは、淑からやってきて、まず武曜王の后《きさき》に仕えた。その後、後宮を辞して当時まだ公子だった時の父上の侍女として奉公していた。だから古くから仕えていて、信頼も厚い。でも結局は淑の犬だったというわけだ」

騎遼の話しぶりは自虐を含んでいた。もし、現王が謀反で兄である武曜王を毒殺しなければ、彼は太子になれないどころか、公子の子として臣下の扱いを受けていただろう。華麗に塗り替えられた歴史は、どんなに隠し通そうとしてもまだ記憶に新しく、愛する人を失った人の恨みは消し去ることができない。

「永文の死もこれに関係あるのかしら」

「永文はもともと前王に仕えていた。それを裏切り、毒杯を前王に飲ませたのはヤツだという噂がある。だから酒を浴びるほど飲むんだ。酔わずにはいられないのさ。人間欲にまみれても、少しばかりの良心はあるものだからね」

犬がけたたましく鳴いて、高明が話を遮った。

「外の様子を見て参ります」

「お願い」

「では行ってきます」

高明はするとすっと天に上って見えなくなった。残されたのは彩蓮と騎遼の二人。彼が彩蓮を引き寄せた。無論、霊体であるので寒いからなどではなく、彩蓮を気遣ったからだ。あるいは、彼自身の不安のためだったかもしれない。そんな騎遼を彩蓮は抱きしめ返した。多少の罪悪感は皇甫珪にあるけれど、そうしなければ、不安で涙が出てしまいそうだった。

「俺は本当だったら太子などではないんだ。まやかしだよ」

「そんなことないわ」

「白亀はそれを皮肉っていたんだ。あれは前王が淑から譲られた亀だった。それを今はその人を殺した人間が『王の象徴』として持っている。盗まれて当然だったし、俺が『盗んだ』のは正しい表現だった」

「騎遼……」

「軽蔑《けいべつ》するか」

「いいえ。そんなことはない。いつもあなたは言っているじゃない。『ただ生き残ろうとしているのだ』って。王さまもきっとそうだったのだわ。ただ『生き残ろうと』しただけよ」

「そうかな？」

「そうよ」

彩蓮は優しく微笑み、もう一度、友人を抱きしめた。

「本当のことを言っていいか？」

「ええ」

「本当は君を得られることを嬉《うれ》しく思っていたんだ。君を自分のものにできるのはこの上ない幸せだと思う。君は俺を笑顔にしてくれるし、いつだって味方でいてくれる。友情にかこつけていた」

「それは違うわ。あなたは、誠実だった。王さまに従わない勇気を持ってわたしをかばってくれた」

「彩蓮」

「でも、わたしは皇甫珪が好きなの。あの不器用で、どうしようもない髭面《ひげづら》の男が」

「知っている。君が目移りなどしないことはね。そしてそういう女《ひと》だから余計に恋しく思うんだ」

「ありがとう。それしかあなたに言えないのがとても辛《つら》い」

「いっそ、このまま霊でいたい。そうしたら君とずっといられる――」

「あなたは太子としてやるべきことがあるわ。淑との問題も王さまが解決できないことならば、あなたがやるしかない」

「淑から妻《めと》を娶るか――気が進まないな。淑人と上手《うま》くやれる自信がない」

「皆、同じ人間だから、妻云々《うんぬん》は知らないけれど、話し合えないことはないわ」

「そうだな、彩蓮。でも言わせてくれ。君のことを愛《いと》おしく思っていると。自分に嘘をつくつもりはもうない」

騎遼が彩蓮の乱れた髪を耳に挟んだ。

5

「彩蓮さま」

誰も声が聞こえないというのに高明は、きょろきょろと落ち着かずに左右を確認しながら戻ってきた。見れば、霊を一人連れて来た。

「あっ！」

捜すように命じていた呑兵衛《のんべえ》宦官《かんがん》、永文の霊である。おどおどと震え上がり、彩蓮たちが敵なのか、それとも味方なのか分からないらしく、高明に「大丈夫だ」と言われるまま前に進み出た。

「お許しを」

「お許しとは何を許すと言うんだ」

騎遼は不機嫌に言ったが、永文は騎遼ではなく彩蓮に頭を下げた。顔を見合わせた彩蓮と騎遼。高明が怯《おび》える永文の代わりに言う。

「どうやら、顔面を酷《ひど》く殴られたのは宮女を殴ったのが王の耳に届いたからのようです」

「王の？」

「宮女はすべて王の女人。傷つけたのは許されないと。殺しても殺し足りないと王が仰せられたとか……」

彩蓮は顔を叩《たた》かれたのを思い出して、それは当然の報いだと思ったが、騎遼が首をひねる。

「宮女への折檻《せっかん》は、理由はともあれ日常だ。しかもお前は父上の側近だ。それぐらいで顔の骨が砕けるまで殴られはしないだろう」

「それは――」

男たちは言わなかったが、騎遼が危惧《きぐ》した通り、王は特別の感情を彩蓮に持っていたことになる。彩蓮は息を止めて、霊体となった宦官に近づいた。

「わたしはもう怒っていないわ。叩かれたって言ったって、たいして腫《は》れたわけではないし。ただちょっと驚いただけで。でも、あなたはそれで死んだの？」

「いいえ。私が死んだのは毒によるものです」

「どこでその毒を飲まされたの？」

「飲まされたのではありません。知らず知らずのうちに飲んだのです。禁酒していた私はどうしても酒が飲みたくて、魯女官が隠していた酒に手を付けたのです」

「まあ」

「顔を死ぬほど殴られた後、痛みをこらえるには酒がどうしても必要でした」

彩蓮は半分呆《あき》れながらも、涙ながらに訴える男に耳を傾けた。酒に溺《おぼ》れるのは病で、誰も彼に救いの手を差し伸べなかったのが原因である。しかも、永文は秘密を一人抱えていた。前王暗殺というこの国の暗黒を一人背負っていたのだから。

「それで？」

「魯女官は私の死体を庭の池に捨てました」

「なぜ？」

「さあ。警告でしょうか。あるいは、十八年前の再現でしょうか。捨てられた場所が全く同じなのです」

騎遼が、永文がゆっくりと話せるように石の上に座らせる。

「十八年前に何があったのだ？」

「私が女を殺ろし、池に捨てたのです。それがすべての始まりでした」

十八年前、永文は若く、大部屋の一、宦官でしかなかった。田舎から出てきて都の言葉にも不自由した。上の命令に従うしかない。

「死んだ女とは誰だったの？」

「名前は知りません。私は今の王にお仕えする前は、武曜王に仕えていました。死んだ女は、武曜王の王妃に仕えていたようです。戒めのためか、前王は女の死体を池に捨てるように命じたのです」

「どういうこと？」

顔の歪《ゆが》んだ幽霊は、憎々しそうに続ける。

「女官は外部とのやりとりをするのを手伝っていたのです。そして今、私は全く同じ場所に捨てられた。それもあの淑人の手で」

「でも魯女官があなたを殺したのではないわ」

「ならなぜ捨てる必要が？」

「それは王の勘気を被《こうむ》ったあなたを供養する義理はないのではない？」

「王宮では死ぬことは許されておりません。それならば門の外に打ち捨てればいい話。わざわざ池に投げ込む必要はないではございませんか」

仕えていた相手のひどい仕打ちに永文は憤っているようだった。ここは酒でも飲めといってやりたいところだが、幽霊ではそういうわけにはいかない。彩蓮は座っている男と目が合うように屈《かが》んで尋ねた。

「騎遼が魯女官に鴆毒で狙われたの。理由は分かる？」

「あの婆さんは病が重く、失うものが何もないのでございますよ。だから、今頃恨みを思い出して、武曜王后の敵《かたき》を取ろうと考えた——それが大方でございましょう」

「ふうん」

彩蓮は納得しきれずに曖昧《あいまい》に返事をした。すると、永文は言い足りないとばかりに立ち上がる。

「あの日、武曜王に毒酒を持っていったのは私です。先程、高明どのから話を聞いたかぎり、まったく同じ手口で太子を殺そうとしたのでございます」

祝いだと言って持ってこられた盆には、二つの杯に酒が注がれていたという。その時は、『太后から』といって届けられたらしいが、前王、武曜王を狙った酒を武曜王后が誤って干した。今上は謀反が失敗したと知ると、剣を持って狂ったように前王の心臓を一突きにして殺したという。

「恐ろしいわ。そこまで王位が欲しかったのかしら」

騎遼が複雑そうな顔をして、黙ったので彩蓮は慌てて話題を変える。

「今回も酒が二杯。太子と太子妃がいた所で行われ、毒を盛られたのは太子のみ」

「ちゃんと金色の杯は騎遼で、銀はわたしと言われたからね」

「今回は、そのあたりは間違いがないようにしたのでしょう」

ところが話がそこまで行くと、彩蓮に変化が出てきた。透けていた自分がもっと透けていき、暑さや息苦しさを感じる。騎遼が慌てて彼女の背を撫《な》でてくれたが、「起きよ、彩蓮」という声が何度もこだまして、耳を押さえてもその声が聞こえてくる。

「彩蓮！」

「だめよ、騎遼を一人にできない！」

手を伸ばして騎遼とともにあろうとしたけれど、どんどん自分の姿は闇に吸い込まれていった。

「起きよ、彩蓮」

誰かが彩蓮の名を呼んでいた。

壮年の男の声である。彩蓮は気がついた拍子に、何か硬いものを口から吐き出した。

「お父さま」

相手は彼女の手を取ってしっかり握りしめる。彩蓮は自分の鼓動を感じた。生きているのだと気づいたのはうっすらと目を開けた時だった。

「お父さま」

しかし、それは貞冥ではなかった。

王がそばで彩蓮の額の汗を拭《ぬぐ》ってくれていたのである。訳が分からないまま、はっきりしない脳裏で王を見上げれば、ホッとしたように微笑みが帰ってきた。

「魂帰《たまがえ》りをさせた。少し強引だったから、魂が安定しないだろう。少し横になっているように」

魂帰りは、魂を黄泉《こうせん》から連れ戻す呪術《じゅじゅつ》である。一人二人の巫覡《ふげき》の力では達せられない。二十人、三十人が力を合わせて一斉に行わないとならないような大規模なものである。宮廷中の巫覡を集めて行ったに違いなかった。

「騎遼は？」

「死んではいないが、魂帰りさせるほど生きてもいない。医者は、あとは運だといい、巫覡は天意だという」

「お願いです。騎遼にも魂帰りの儀式を行うように父の貞冥に言って下さい」

「時を待て。あれは幸運に包まれて生まれた子だ。そうそうは死なない」

そして彩蓮は自分がさきほど吐き出したのが、玉蟬《ぎょくせん》だったことに気づいた。布団の上からそれをつまみ上げると、それは前王の墓で見つけ、彩蓮の部屋から消えた玉蟬だった。

「これは――」

「部屋の前にあった。君は天に守られた子だ。使わせて貰《もら》った」

「でもどうして――」

王はそれに答えず、彩蓮に佩玉《おびかざり》を握らせた。右手に一つ、左手に一つ。一つは見覚えがあった。彩蓮が祖父から譲られた佩玉だ。しかしもう一つは彼女のものではない。しかし見た目は同じである。対で作られたものだろうか。

「これは？」

「二つともかつては寡人のものだった。その一つをかつて人に贈ったものが、めぐりめぐってそなたの手に渡り、再び二つは一つとなったのだ」

彩蓮は二つの佩玉を比べて戸惑って、そして目を瞑《つぶ》ってみた。しかし何も佩玉から伝わってくるものがない。彩蓮の気が足りなく、物が持つ幻想を集めて視ることができないのだ。ただ、二つ目の佩玉には、強い想いがあるのは分かる。むろん、王の想いで過去への悔いだろう。そこまで感じて彩蓮は気が尽きたのを感じた。

「お願いです、騎遼を助けて」

彩蓮は再び眠りに落ちた。

6

彩蓮が目を覚ました時、そこには懐かしい人がいた。

「皇甫珪」

「お目覚めですか！　彩蓮さま！」

「骨はいいの？」

「骨の一本や二本、なんてことはありません」

なんてことはないと言ったけれど、白々とし始めている夜明けの彼の顔は青かった。熱があるのだろうか、痛むのだろうかと思うのだが、空元気に振る舞う男に尋ねるのは野暮というものである。彩蓮は「そう。よかった」と微笑んで彼の嘘に気づかないふりをする。

「ここにいて大丈夫なの？」

「忍び込みました。大丈夫です。誰にも見咎《とが》められてはいません」

髭面《ひげづら》は心底嬉《うれ》しいらしく、大男のくせに涙をこぼす。こういう男はいい。感情が豊かで気持ちに忠実だ。なんの偽りもなく、彩蓮の目の前にいてくれる。

「騎遼の様子はどう？」

「彩蓮さまが命を張って魂をこの世に繫《つな》ぎ止めたので一命を取りとめましたが、依然昏睡《こんすい》状態が続いています。巫医《ふい》が話しているのを小耳に挟んだところ、目覚めるのは難しいと言っておりました」

「巫覡が魂帰りの術をすればいいわ」

「それをするには、どうやら太子の体の回復が必要なようです」

彩蓮は心の中で舌打ちした。彩蓮と違って騎遼は毒を呷《あお》った。簡単には生き返ることはできない。繫ぎ止めた命もそう長くはもたないだろう。

「何者かが騎遼の魂を滅せようとしているようだわ。それもたぶん貞家の人間よ」

「貞家の巫覡が、ですか」

「たぶん——少なくとも宮殿に勤める巫官だったわ。官服を着ていたし、見知った顔を見たような気がする」

「貞家も大きな一族です。いろんな者がおります」

彩蓮は不安でならなかった。すぐに彼を捜してやらなければならないのに、体が思うように動かない。魂と魄が一つになって間もないからだろう。それでも彼女は髭男の手を借りてなんとか起き上がった。

「皇甫珪。どうやらこの一連の事件は宿怨《しゅくえん》ではないかとわたしは思うわ」

「宿怨？」

「わたしは王家の秘密を知ってしまったの。どうしたらいい？」

彩蓮は騎遼や永文から聞いた話をゆっくりと皇甫珪に語って聞かせた。彼はただ黙って聞いていただけだけれど、十八年前には、皇甫珪は、すでに都に住んでおり、禁軍勤めの経験もある。武曜王の死に不審を抱いたことは何度もあったという。けれどそれは秘されていること。決して口に出してはならないことだった。だから今まで誰にも言うことはなかった。

「太子の話はたぶん本当でしょう。永文の言うこともまず間違いありません。しかし、なぜ今頃、こんなことになったのか――」

「魯女官って分かるかしら。年を取った女官なんだけど」

「有名な方です。存じ上げています」

「その人が騎遼に杯を持ってきたの。捕まったかどうか分かる？」

「兵士たちが誰かを捜しているのは確かです。しかし、それが魯女官かどうかは分かりません」

彩蓮は考え込んだ。

実行犯は間違いなく、あの老女である。

その背後には淑国がおり、標的は王ではなく騎遼だった。白亀騒ぎのときも、騎遼が標的にされ、偽りの証言が揃った――。

「一女官にそれほどの力があるかしら?」

「魯女官は古くから王に仕えていた人です。王からの信頼が厚く、かなりの権力を握っていました」

「貞家の巫覡を味方にするほど?」

「それは……」

彩蓮は無理やり床に足をつけ、靴を履いた。大男はおろおろとそれを止めるけれど、今は誰の忠告も聞く気にはなれない。

「騎遼を助けないといけないわ」

「彩蓮さま」

「手を貸して、皇甫珪」

彼も肋骨《ろっこつ》を折っている。きっと立つのも精一杯だろうに、彩蓮の腕を引っ張って立たせてくれた。そして幾分、複雑そうな顔になり、下を向いたが、意を決したようにまっすぐに彼女を見た。

「それほど太子のことが気になりますか」

「もちろんよ」

「お止めしても行かれるおつもりですか」

「ええ」

彩蓮は明らかに不賛成な皇甫珪の手を取った。そしてその大きな手を自分の頰に当てる。彼は困惑を瞳《ひとみ》に宿す。

「騎遼は大切な友達なの。わたしの危機を救おうとしてくれた」

男は黙ったまま彩蓮を見た。

「だから助けたい。それはあなたに向けている感情とは違うわ。騎遼にもそれははっきりと言った。わたしは、ただ友達として何かを騎遼にしてあげたいの。ごめんなさい。わがままばかりで。あなたを抱きしめたいけど、骨が折れているから、手を握るだけで我慢する」

「いえ、折れていても構いません。抱きしめてください」

彩蓮は長身の男を見上げた。

「抱きしめてください。あなたに抱きしめられたいのです――」

男の瞳は真剣で、命や苦しみよりも、つかの間でも愛を感じたいと言っていた。だから彩蓮は求められるままに、両手を彼の背に回し、ギュッと抱きしめた。鍛えられた肉体の固い感触がそれを迎え、彩蓮もまた愛を感じた――。

「うぇっ！」

でもやっぱりそれは男のカッコつけで、激痛に皇甫珪は奇妙なうめき声を出して体をくの字に丸める。

「馬鹿ね。だから言ったのに」

「なんのこれし、き……」

とは言いつつ、彼はしばらく動くこともままならない。彩蓮はため息を吐いて呆《あき》れたけれど、そんな男が嫌いではなかった。

「わたしは騎遼を捜しにいくけれど、あなたはどうする？　骨が折れているからここにとどまった方がいいとわたしは思うわ」

「行きます。行きます。骨の一本、二本……」

「無理しない方がいいと思うけど」

「彩蓮さまを守るのが俺の仕事です」

胸を張ってそう言ったが、その動きが胸に激痛をもたらしたのだろう。また大きく体を曲げて痛みに耐えていた。

「じゃあね」

「お待ちください、靴の踵《かかと》は踏まずにちゃんと履いてください。転ばれたらどうするのですか」

乳母のようなことを言いながら、大男は付いてくる。彩蓮は目眩《めまい》を隠してにこりと微笑むとトントンとつま先を叩《たた》いて靴を履き、戸をほんの少し開けてみた。宮女が二人いるが、見張りの兵士のような者はいない。彩蓮は二人の宮女が、おしゃべりを始めた一瞬の隙をついて外に出た。皇甫珪はその後に続く。

「太子はどこにいるのですか」

「庭の築山《つきやま》よ」

「ならば裏から行った方が早いです」

「ええ」

皇甫珪の剣の稽古《けいこ》で硬くなった右手が、彼女の手をしっかりと握る。

「彩蓮さまのためならば、恋敵だって俺は助けます」

「そういうところが、好きよ」

「あの……接吻《せっぷん》をしてもいいですか」

「だめ。願掛けしたじゃない。あなたは将軍に。わたしは太祝になるって」

「一瞬でいいので——」

「駄目。それに今の状況分かっている？　そんなことしている場合じゃないわ」

「はぁ」

「こっそり部屋を抜け出してきたばかりでしょ。本当にもう」

ため息混じりの皇甫珪だが、彩蓮はそれに笑った。やはり、彼女はこの髭面《ひげづら》が好きだ。

皇甫珪と彩蓮は、王から賜った東屋《あずまや》を通り過ぎ、庭の小道を突っ切って築山へと急いだ。しかし、そこで人の気配を感じて草むらに身を潜める。そして聞いたのだ。ひそひそと話す巫覡《ふげき》の声を――。

「太子を捜すのだ。そしてすぐに滅せよ！」

彩蓮は息を飲んだ。

7

「騎遼！」

「彩蓮！」

騎遼は動かずに同じ場所で彩蓮を待っていてくれた。巨大な奇石と奇石の間の小さな空間である。そこに騎遼はうずくまり、宦官《かんがん》永文と商人高明がふらふらと宙に浮いている。

「そいつも連れてきたのか」

皇甫珪を見ると、めんどくさい男が付いてきたとばかりに吐息を漏らす。

「皇甫珪はこれでも役に立つのよ」

「だといいがな」

霊が視えない、声は聞こえない皇甫珪だから、この状況打破に一役買えるとは、騎遼には思えないらしく、彼は皇甫珪が聞こえないのをいいことに、いや、聞こえていても平気だろうが、文句を言い、あからさまに嫌な顔をする。

「俺の体の具合はどうだった？」

「皇甫珪が言うにはあまりよくないらしいわ。魂帰《たまがえ》りの術も行われていないらしいの」

「では危ないということだな」

「ええ……」

「それでも君が助かったのは何よりだ。君に何かあったら俺は死ぬに死にきれない」

騎遼の手が彩蓮の髪に触れた。色っぽい流し目がこちらに向いて、彩蓮は赤面する。彼のちょっとした手の動きとか、視線とかはとても魅力に溢《あふ》れ、がさつな大男に慣れた彩蓮には免疫がないから、すぐにドギマギしてしまうのは仕方がないだろう。が、――野性の勘で生きている皇甫珪が、彩蓮のその変化に気がついた。そして視えてないというのに、無礼に言う。

「太子は今この状況をお分かりか。そんなことをしている場合ではありません」

「……」

どこかで聞いたことのある台詞《せりふ》である。

彩蓮はぷっと笑った。

その天真爛漫《てんしんらんまん》な笑みが、暗い影を落としていた場を明るくした。皇甫珪は首の後ろを掻《か》きながら面映《おもは》ゆそうにしたし、騎遼に苦笑をもたらす。

「打開策を考えましょう」

「まずは太祝に助けを求めるのが肝心かと。太祝が太子暗殺に関わっているとは思えません」

皇甫珪の提案は尤《もっと》もだ。祖父に庇護《ひご》されれば万事問題がない。しかし、その瞬間、けたたましく狗《いぬ》の鳴く声がした。はっと顔を上げた彩蓮。逃げ足の速い高明と永文は闇の中に姿を隠してしまった。残ったのは皇甫珪と彩蓮、そしてまだ完全に死んでいないために空を飛べない騎遼である。彼は彩蓮の手首をとって狭い奇石と奇石の間の小道を風のように走る。彩蓮の二つの佩玉《おびかざり》がぶつかりあって音を立てた。

「皇甫珪！」

「ここはおれが食い止めます！」

いつだって貧乏くじを引く髭面男が、自ら身を捨てる。狗を連れた兵士の鳩尾《みぞおち》を蹴《け》り、肘《ひじ》で顎《あご》を砕き、相手の持っていた戈《ほこ》を一瞬で奪うと三人の兵士を同時に突き飛ばした。

「行こう、彩蓮！」

「でも皇甫珪が……」

「狙いは皇甫珪ではない。問題ない」

肋《あばら》を折って動くのも辛《つら》いはずなのに、彼は彩蓮のために戦っていた。しかし、騎遼も放ってはおけない。彩蓮は歯を食いしばって意を決すると、今度は騎遼の腕を摑《つか》んで走り出した。

「早く、騎遼！」

「ああ」

二人はどこまでも走った。息が切れても走り続けて、宮門を目指す。宮廷から貞家まではそれほど遠くない。女の彩蓮でもなんとか徒歩でも行ける距離だ。貞家の門さえくぐれば祖父が助けてくれる――彩蓮はそう思った。が、騎遼を付け狙うのは、その貞家の者でもあるのだ。

顔を見知った巫覡や巫女《みこ》が、彩蓮の足元に視えない綱を投げ、その足を止めようとする。ぎりぎりでそれを避《よ》け、彩蓮は騎遼の背を押した。しかし、宮門には二人を待ち構えていた巫官《ふかん》がいて、非情にも外から閉められてしまう。

死にかけていた彩蓮には気が残っているはずもなく、体さえも言うことを聞いてくれない。ただできるのは、両手を広げて大切な友人をその背に隠すことしかなかった。

「誰の命令でこんなことをしているの？　お父さま？　それともお祖父《じい》さま？　違う

はずよ。貞家は王家と争うことなど望んでいない」

白い衣に官吏を示す冠《かん》を被《かぶ》った男たちが、札を構えた体勢のまま、鋭い視線を向けた。そしてその中によく彩蓮が知る男――貞家の家宰《しつじ》が貞幽《ていゆう》がいた。表情のない巫覡特有の顔で、鋭い目は白く曇り、貧相な髭がひょろりと顎に生えている。

「彩蓮さま、そこをお退《ど》き下さい。太子騎遼を滅せなければなりません」

「誰の命でしていることよ」

男たちは一斉に薄ら笑った。

「誰よ？　名前を言いなさい」

「景令静《けいれいせい》さまと申されます。この国の本当の王であられる方です」

――令静。

それはあの寂れた霊廟《れいびょう》で神々と暮らす男の名ではなかったか。

彩蓮は唖然《あぜん》として、騎遼を振り返った。すると彼は蒼白《そうはく》になって叫ぶように言った。

「景令静？　それは前王の御名《みな》ではないか！」

「武曜王は尸解仙《しかいせん》となって復活され、復讐《ふくしゅう》を誓われたのだ」

尸解仙とは、仙人の一種である。仙人には天仙、地仙などがあるが、その中で、死後に仙人となり、不老不死となった者を尸解仙という。彩蓮が騎遼と共に行った陵墓で見つけた仙薬は本物で、裏切り者の貞家の巫覡たちの力を借りて、武曜王は復活したのだ。

「かつて貞家は二つに割れた。玉座を簒奪《さんだつ》した王を支持する者と、前王を惜しむ者とに。我ら前王派は屈辱を感じつつも息を潜め、生きてきたが、それももう終わりだ。兄殺しの景恭清《けいきょうせい》を殺し、賢君であられた前王に復位していただく！」

景恭清は現王の御名である。騎遼を執拗《しつよう》に狙うのも、復位のために王の土台を崩そうとしているからに違いなかった。これは明らかな謀反である。

「家長であるお祖父さまの命令以外で動くのは許されないことだわ」

「貞白さまはお年を召された。貞冥さまは凡人でしかも王の友人。あなたは――言うまでもない。力のある人こそがこの巨大な家を率いていくべきなのだ」

彩蓮は祖父からもらった佩玉を無意識に握った。貞幽は指を一本天に向けて構える。その呪《じゅ》が吐き出されれば、いくら彩蓮がかばっても騎遼の命は風前の灯火《ともしび》だ。彩蓮は大切な友を包み込むように抱きしめた。しかし、彩蓮に庇《かば》われることをよしとしない気高き太子は、自ら敵の前にその身を捧《ささ》げようとした。

ところが――

何かが宙を斜めに横切った。

気づけば、呪を唱えようとしていた貞幽の手の甲を小刀が貫いていた。彩蓮は振り返った。それは、まさしく皇甫珪ではないか。髭面《ひげづら》の男が、口元を濡《ぬ》らした血を無造作に袖《そで》で拭《ぬぐ》いながら、剣を構えていた。彩蓮はどきんと胸が鳴ったのを感じた。

「皇甫珪！」

「観念しろ。お前たちは包囲されている！」

彼は貞幽たちにそう宣言した。見回せば、貞冥と百人あまりの貞家の巫覡たちが呪具を手にじりじりとこちらに近づいてくる。

「観念しろ！　王命である！」

数が違いすぎる。いくら貞幽らが優秀な巫覡だといってもこの全ての人間を妖術《ようじゅつ》で打ち負かすことは不可能だろう。

皇甫珪が屋根から飛び降りた。

「かかれ！」

四方を囲っていた巫覡たちが一斉に貞幽たちに飛びかかる。

「かくなる上は！」

貞幽は騎遼を殺すべく最後の呪いの言葉を唱えようとしたが、接近戦なら武術が巫《ふ》術《じゅつ》に勝る。皇甫珪が腕で貞幽の顔面を殴打し、その仲間の左胸をもう一方の拳《こぶし》で打った。なんとか持ちこたえた貞幽を足蹴りで地べたに転がす。

「彩蓮、行こう！」

騎遼の手を取った彩蓮。周囲では巫覡たちの術と術との熾烈《しれつ》な戦いが繰り広げられている。皇甫珪が宮門を開けようと、重い閂《かんぬき》を一人背負った。

「皇甫珪！」

彩蓮が名を呼ぶと、皇甫珪の顔がほころんだ――だが、その刹那《せつな》、月が闇に隠れた。そして夜の闇から、白い腕が二本、彩蓮に近づいた。彼女は顔を上げた。幻術であることが分かっているのに、一瞬、思わず恐れを抱いてしまった。

それがいけなかったのだろう。

彩蓮は闇の手に捕らわれた。するとそれは、蛇のように長くなり、ぬるぬると彩蓮の体に巻き付き締め上げる。「うっ」とうめき声を上げながらも、解《ほど》こうと手足に力を入れるが、一度掛かった術からは簡単には抜け出せない。

「彩蓮！」

「彩蓮さま！」

二人の男が駆け寄り、謎の腕を斬ったが、逆に増殖して彩蓮の体はみるみる見えなくなった。しかし、それに気づいた貞冥が、すぐに落ちていた剣を拾うと呪を唱えながら、貞幽めがけて投げた。貞幽は手から気を放ち、剣を止めようとしたが、娘を守らんとする父親の力が勝り、剣は貞幽の肩をかすめ、彩蓮の体に巻き付いていた白い腕は闇の中に消えていった。

「引け！」

肩を押さえた貞幽が、ついに引き上げの命令を下す。

そして男は両手を左右に広げた。

すると爆風が起こり、円の真ん中にいた彩蓮を残して、そこにいた全ての人が尻《しり》もちを付いて転ぶ。風は彩蓮の視界を奪い、目をつぶった暗闇の中で、人々が木の葉とともに転がる音がし、暴風が天に旋風《せんぷう》のように上っていくのを、彩蓮は踏ん張って耐える。

「彩蓮さま！」

大きな岩のような皇甫珪の体が彩蓮に覆い被さり守ってくれなければ、彼女もまた他の巫覡たちと一緒に、塀にぶつかったことだろう。

あたりが静かになって、まわりの人々が立ち上がり、初めてそっと彩蓮は顔を上げた。

「いない……」

そこに貞幽の姿どころか、謀反人の巫覡たちの姿もあとかたもなく消えていた。

「いったいこれは何だったの？」

訳が分からない。

狐につままれたように顔を見合わせる彩蓮たち。皇甫珪も彼女が立ち上がるのを手伝いながら、眉《まゆ》を寄せた。貞幽の霊力とはこれほどまでのものだったとは、誰も思いもしなかった。彩蓮は畏怖《いふ》を抱き、自分たちが目の当たりにした事実を消化しきれずにいた。

「彩蓮」

彩蓮の名を呼ぶ男の声がして、見れば騎遼である。

「騎遼」

「無事でよかった」

「助かって、よかった。本当によかった」

見つめ合う二人。

そこにごほごほとわざとらしい咳《せき》の音。視えないのに、彩蓮が抱きしめている格好なので気づいたのだろう。もちろん、皇甫珪である。

「あの、太子、申し訳ありませんが、それは俺の役目でして……」

騎遼が苦笑した。

「俺が女なら今日のお前に惚《ほ》れていた。今のところは譲ってやろう」

聞こえてもいないはずなのに皇甫珪は嬉《うれ》しそうに彩蓮に両手を広げて見せた。「さあ、こい！　抱きしめるぞ」という顔で、である。彩蓮はにこりと笑って言った。

「だめよ」

「なぜですか」

「だって肋骨《ろっこつ》折れているし、さっき抱きしめた時だって死にそうな顔をした」

「そんなことありません。あれは嬉しくて悶《もだ》えただけです！」

「血だって吐いていたし」

「そんなことありません」

血の付いた袖を慌てて背に隠す。しゅんとなった大男。

「でもほんの軽くならいいわ」

男の腕が彩蓮の背に回って自分の胸にぎゅっと押し付けた。

やさしい感覚が彩蓮を包む。

皇甫珪の胸は誰よりも暖かく、頼もしい。

「彩蓮さまのためならどんな痛みも苦痛ではありません」

「皇甫珪――」

しかし、気の毒なことに元来、彼は運がない。公衆の面前で抱き合っているところを一番見られてはならない人に見られてしまった。むろんそれは、彩蓮の父貞冥である。貞冥は目を大きく開いたかと思うと、そのまま全速力で走ってきた。

「天誅《てんちゅう》！」

背中からまっすぐに皇甫珪の脇に貞冥の蹴《け》りがしっかりと入った。

皇甫珪がもう一本骨を折ったのは言うまでもない。

＊

「彩蓮。父上と話して、君が入宮した暁には新しい宮殿を建てようという話になったよ」

「何よ、それ？」

「君の美しい顔《かんばせ》に古い宮殿ではふさわしくないし、心の清らかな君には、睡蓮《すいれん》の咲き乱れる池が似合うだろうから、新しく掘らせた方がいいという話になったんだ」

「へぇ」

彩蓮は興味なさそうに騎遼の話を聞いていた。

ここは貞家。むさ苦しい、武官の私室である。

もちろん、もう一人ここにいる。骨を折って身動きの取れない皇甫珪である。

無事、魂と体を一体化させて生還した騎遼は皇甫珪の「見舞い」に来たらしい。ただ会話はすべて彩蓮のこと。それは皇甫珪をからかっているだけなのだが、髭面《ひげづら》にとっては笑えない話である。

「彩蓮さま、おれは宮殿など建てられませんが、大切にします。ですから、どうかそんな話に耳を傾けないでください！」

いくら皇甫珪が真剣に訴えても、彩蓮は二人の男の間に入る気はさらさらない。それより、事件の顚末《てんまつ》の方に興味がある。

「ねぇ、それで武曜王は見つかったの？」

「あれからどこに姿をくらましたかも分からない。ただ、王は多くの疑わしい者を捕まえた。しかし、魯女官は既に自死していた。奇妙なことに王は女官の埋葬を赦《ゆる》した。信じられるか。あのババアは太子たる俺を殺そうとしたんだぞ」

「そう――でも王にとっておばあさんみたいな存在だって聞いていたわ」

「それも武曜王后の廟《びょう》にだ。おばあさんをそんなところに埋葬する必要はない」

「ちょっと、待って。前王の王后は埋葬を許されているの？　しかも武曜王とは別の陵を持っているですって？」

彩蓮は意外な気がした。武曜王后は今上に殺されているのだから、なぜ埋葬などするのだろうか。しかも前王とは別の墓に。夫婦一つの陵に入るのは、景では普通の習わしである。

騎遼がそれに答えてくれた。

「前王に妃嬪《ひひん》はあまたいたが、王后にだけ廟がある。しかも王后の陵は巨大なもので父上自身が命じて巨額の費用を投じて作らせた。父上は先の事件で自分の后の成王后《せいおうごう》の処刑を命じたが、その亡骸《なきがら》はどこにあるとも分からないというのに、信じられるか」

「……何かお考えがあるんでしょう」

「謎すぎる。その話をしようとすると、重臣も女官も宦官《かんがん》も口を閉ざす」

「でも一応、一息つけてよかったわ。あなたが亀を盗んだ犯人ではないと分かったのだし、宮殿で暗躍していた謀反人は追い出すことができたのだもの」

騎遼は不満そうに、肩をすくめた。

「謀反人どもは、王位を奪う気だ。かつて父上がそうしたように。決着がつかないかぎり、それは終わらない戦いとなるだろう」

「そうね」

「ただ一つだけ分かったことがある」

「何？」

「武曜王后に仕えていて殺された女官というのは、魯女官が入宮する前に生んだ娘だった」

「まあ」

「でも考えてみてくれ。娘の仇《かたき》を取るのなら、普通は殺した武曜王ではないか。なぜ俺や王を恨むんだ」

「全然、分からない」

騎遼の顔が真剣なものになった。彩蓮はその真剣さに怯《ひる》んだ。

「俺は思うんだ。内紛があるのは国として危険なことだから、貞家と王家を盤石なものにしなければならないとね。君が嫁いでくれるのを俺は望んでいる」

「騎遼、それは……」

「聡明《そうめい》な君のことだ。分かってくれるだろ？」

「騎遼」

「彩蓮」

彼の誘惑の視線が彩蓮に絡みついた。卓の下で彼女の手を取り、ぎゅっと握る。助けてやりたいのは山々だ。でも結婚ともなると話は別だ。騎遼と結婚すれば、自由はなくなり、一生後宮の籠《かご》の鳥となる。むろん、彼は政治状況に応じて抜け目なく他にも妃嬪を迎え愛するだろうから、彩蓮には、苦痛でしかない。彩蓮は容赦なく、騎遼の手から自分の手首を取り返した。

「彩蓮さま」

そこに小真が箱を持ってきた。

なんだろう。

「これは？」

「贈り物だそうです。使いの者が持ってきました」

「誰から？」

「さあ。『あの方から』としかおっしゃいませんでした」

彩蓮はよく分からず手のひらより少し大きいだけの箱を受け取った。何かガサガサしている。

「蟲《むし》ではありませんか」

小度胸な大男が心配げに寝台の帳《とばり》を握って言った。

「そんなことはないだろう」

騎遼が彩蓮から箱を奪うと開けた。

「亀……」

「白い亀だ……」

三人は顔を見合わせ、もう一度、箱の中を覗《のぞ》き込んだ。

第四章　王宮の秘密

1

「また役人の死体ね」

彩蓮は、強い日が照る畦《あぜ》の脇に放置されている重臣の無残な死体を見下ろした。従者の小真が気を利かせて、薄絹のついた笠《かさ》を馬車から持ってきた。

「年を越してから何人目かしら」

「ひ、ふ、み、よ、五人目でしょうか」

「そうね」

ひょろりとした体型は未《いま》だに変わらないが、彩蓮の背をとっくに越した小真は賢そうに指を折って言う。霊感も多少あり、貞家では今やなくてはならない存在である。彩蓮も気の利く少年を外出にはいつも伴っていた。

「彩蓮さま」

　そこに木に上っていた皇甫珪が下りてきた。手にしているのは、札《ふだ》である。黄色い札は貞家の人間がよく使うもので、気を込めれば、小刀のように飛ばすことができる。つまりこれは貞家の裏切り者の犯行ということになる。

「こうも連日ではお父さまも言い訳に大変だわ」

「貞幽一味はもはや貞家の者ではありません」

　皇甫珪は黙った彩蓮を案じるように見下ろした。彩蓮は口にこそ出さないが、やはり前王に分があると思う。今の王は前王である武曜王を殺しているわけであるから、復位と復讐《ふくしゅう》は当然だ。

「複雑でしょうね。お父さまも――」

　喉元《のどもと》を札で切られた死体は筵《むしろ》の上に寝かされた。

　夜遅くに重臣の外出は控えるように達しが来ている。それを無視して外出して殺された役人だから自業自得とも言えるけれど、夜に出かけるのは、今上派に属するべきか、はたまた尸解仙となって甦《よみがえ》った前王に与《くみ》すべきか密談しているからだった。

「殺されたということは、王に与する者でしょう」

「喉を札で切られて、出血での死亡よ。見事な手口だわ。札を残して行ったのはわざと自分たちの力を誇示したんでしょう」

彩蓮は肉の串刺《くしざ》しを一口食べた。前王、令静に悪い印象を彩蓮は持っていない。しかし、今や貞家は微妙な立ち位置である。謀反人を輩出した家として弾劾する者が後を絶たないのである。

「帰りましょう」

「ええ」

彩蓮は串を皇甫珪に渡すと代わりに鈴を受け取る。しかし、そこに見覚えのある四頭立ての馬車が静かに横付けされた。彩蓮はそれを見ると、はっと走り出し、馬が驚くのも意に介さずにその脇を行く。そして馬車の御簾《みす》が僅《わず》かに上がると顔を輝かせた。

「騎遼！　心配していたのよ。具合はどう？」

「乗れ」

「どこに行くの？」

「宮殿だ。父が君のことを案じている」

「わたしのことを？　なぜ？」

「貞家の跡取りであり、一人娘だ。狙われる可能性は高い」

「わたしは平気よ」

しかし、騎遼はそう思わないのだろう。体を馬車から半分だして、彩蓮に手を差し出した。

「さあ」

彩蓮はその手を取ろうとした。

「彩蓮さま」

しかし、大男が彩蓮のもう一方の手首を握った。行ってはだめだと顔を横に振る。

騎遼が皇甫珪に厳しい視線を向ける。

「今の貞家が安全であると言えるのか」

「それは――」

「王は彩蓮のために宮殿内に結界を作るようにお命じになった。兵士も守る。お前一人が護衛で何ができる」

皇甫珪は言おうとしていた言葉を引っ込めた。

「それにこれは王命だ。勅書もある。ここで宦官《かんがん》に読ませるか」

騎遼は本気だった。いつもの余裕で秀麗な彼ではなく、迷いのない瞳《ひとみ》をしている。

彩蓮はどうしたらいいか分からず、手を宙に浮かせたままだったが、騎遼はそれを無理やり摑《つか》むと彩蓮を馬車に引き上げた。

「皇甫珪。ついて来たいなら来い」

騎遼は御簾をさっと閉じて、皇甫珪を馬車の中に入れないことを意思表示した。彩蓮は騎遼が何を恐れているのか分からず、首を傾げる。でもその眼差《まなざ》しを無視することはできない。小真に家への使いを頼むと、騎遼に向き合った。

「どうかしたの？　何かあった？」

「前王は必ず、君を奪いに来る」

「どうして、そう思うわけ？」

「父上がそう言っておられるんだ。俺が思うに、前王は、貞家を完全に抱き込むために、策を弄《ろう》するはずだ。君は貞白と貞冥の弱みと言っていい。奪って交渉に使う可能性が高い」

「……あなたこそ、こんな風に出歩いて何かあったらどうするの？　わたしよりあなたの方が狙われているのに。毒を飲んだことをもう忘れてしまったわけ？」

「外出の許しは父上から頂いている。そうと見えないだけでたくさんの護衛がいる。しばらくの間だけだ。君が、皇甫珪を好きなのは知っている。でも、今は俺に守られていてくれないか」

彩蓮は騎遼を見た。彼の眼差しは真剣なもので、受け流したり、冗談で返したりすることを許さぬものだった。だから、そんな彼を前に彩蓮は瞳を揺るがした。

「頼む、彩蓮。たまには俺に君を守らせてくれ」

彼の腕が彩蓮の背にまわり、きつく抱きしめた。その腕は力強くて、初めて彼に出会った明河の畔《ほとり》での出来事を思い起こさせた。

「他にも何か、あるのね？」

「……別に何もない。ただ皆が君のことを案じているっていう話なんだ」

「騎遼」

「王も君のことを案じている」

彩蓮は押し黙った。

そして簾《すだれ》を僅かに上げてみた。皇甫珪が難しそうな顔で馬に乗っており、重臣の死体がゆっくりと遠ざかって行く。彩蓮は騎遼を振り返り見た。

「重臣の暗殺をどう見ている？」

「羽を一枚ずつ剝《は》いでいるんだろう」

「つまり？」

「前王の陰には、淑がいる。前王令静を王にして、再び親淑国を作る気だ。その資金や兵力を令静に貸す約束をしていると思われる」

彩蓮は腕組みをした。

王命でかつ勅書もあるというのなら、王命に背くことができない。彩蓮は騎遼に逆らってもしかたないと諦《あきら》め、王がそこまで彩蓮を案じているのなら、本当に大変な危機が迫っているかもしれないと思った。

「こういう時、わたしの巫覡《ふげき》としての力が未熟なのが歯がゆいわ。未来を占うことがまだまだ難しい」

「それは君に限ったことではないよ、彩蓮。宮殿では何人もの巫覡に占わせているが、君の父親でさえ、未来を占うことができていない」

「前王が邪魔をしているのだわ。尸解仙としてもかなり能力のある人なのよ、きっと」

「だから皆、案じているんだ」

彩蓮は嫌な予感がした。そして騎遼が何かとても大切なものを隠しているように思えてならなかったが、それを教えてくれそうにはとてもない。彩蓮は祖父と王からもらった佩玉《おびかざり》を手繰り寄せると握りしめた。

2

騎遼は、彩蓮に東宮殿内に一室を用意してくれた。

女ばかりの後宮は、空気が淀《よど》んで具合が悪くなるし、結界を張る覡《かんなぎ》が出入りできない。そのため、いささか部屋は狭いが東宮殿の一室が与えられたのである。

「狭くて悪いな」

部屋には事前に話がついていたのだろうか、すでに家にいるはずの白亀が大きな石をくりぬいて作った入れ物の中でのんびりとしていた。手前が居間で、奥が寝室の二間である。居間の中央に卓があり丸椅子が四つおかれて、右側は小上がりとなっている。奥の間にはちゃんと大きな鏡が窓際に用意され、青い絹の簾が暑さを和らげるためにめぐらされていた。

「趣味のいい部屋ね」

「そう言ってもらえてよかった」

部屋の四方に札が貼られて結界も作られている。たぶん建物の四方にも同じように結界が張られているだろうから安心である。しかも騎遼は私情を挟まずに、彩蓮が言わなくともちゃんと皇甫珪の居場所も用意していた。

「あいつの部屋は隣だ。何かあったらすぐ部屋に飛び込める」

「気を遣わせてしまったわね」

「いや」

それでも騎遼は騎遼。意味ありげに流し目を送る。

「本当はもっと広い部屋があるんだ」

「うん？」

「東宮妃の部屋だ。今からでも替えようか？」

相変わらずな男である。彩蓮は笑った。

「ここで十分よ。快適だわ」

「暑くなければいい。秋だというのに、今年はどういうわけか暑さがいつまでも残る」

騎遼はそういうと彩蓮のために窓を開けてくれた。彩蓮は少し考えてから口を開いた。

「そろそろ話してくれない？」

「何を？」

騎遼の様子は少しおかしい。

以前の彼には優しさの中に冷たさがあった。決して人を信じないぞと線を引き、他人のことを心から心配などしなかった。それなのに、今日の彼の優しさは偽りのものには思えない。なにより皇甫珪にまで親切にするのは、彼らしくなかった。

「何かあったんでしょう？」

「彩蓮……何も――」

「話して、騎遼」

彼は視線を落としてため息を吐くと、ぱちりぱちりと扇子の音をさせてから顔を上げる。

「都で殺されている重臣は皆、俺に近い人物だ」

「王ではなくて？」

「そう。王ではなくて俺なんだ。しかも君と俺の結婚を推し進めようとしていた者たちばかりで、死んだ五人はその件を連名で王に奏上した」

彩蓮は眉《まゆ》を寄せる。

「君に危険が迫っているのは間違いない。俺に近い人間は皆、殺されている」

「騎遼。それは淑国のせい？」

「もちろん、そうさ。ただ俺と君を結びつけたくない輩《やから》が少なからずいる。だから騒ぎが収まるまでここにいて欲しい」

騎遼の瞳《ひとみ》が彩蓮の佩玉に移った。しかし何も言わずに立ち上がった。

「ゆっくりしてくれ」

「ありがとう」

彩蓮は騎遼の背に不安を感じた。彼はまだ何かを隠しているような気がする。皇甫珪が入れ違いに入ってきて、思い悩んでいる彩蓮の肩に少し迷ってから手をかけた。

「いかがされたのですか」

「騎遼の様子が変なの」

「変？」

「普通に優しいのよ」

「それは確かに妙ですな」

火にかけていた鼎《かなえ》の湯がぐつぐつと沸いてきたので、皇甫珪が持ち上げて、侍女の代わりに大きな手で茶を入れ替える。

「騎遼の話をまとめると、誰か——たぶん武曜王はわたしと騎遼との結婚を望んでいないから邪魔するために人を殺しているらしいの」

「貞家と太子が結びつけば、太子の座は盤石になりますからね」

「前王の後ろに淑国がいる」

「では今宵《こよい》、おれをお呼びください。そうすれば、太子と貞家が結びつくことはない」

彩蓮は瞬《まばた》きして、すぐに笑った。皇甫珪に騎遼のような冗談は似合わない。

「馬鹿ねぇ。そんなのなかったことにされるわ。宮廷はそういうところよ」

「では今から、俺と遠くに逃げてください。そうすれば——」

「ありがとう。皇甫珪。でもわたしは逃げない。どこにも逃げないの」

「彩蓮さま——」

そう言われることは分かっていただろうに、子犬のように大男はしゅんとする。でも彩蓮は素直に皇甫珪の言葉が嬉《うれ》しかった。彼ならどんな困難があろうとも、彩蓮を守るためならば、一緒に逃げてくれることだろう。

合わさった目と目。

大きな男の手が彩蓮の腰を抱き、すっと引き寄せる――。

が、そこに戸を叩《たた》く音がした。

ぴたりと止まった二人。

しかしいつになっても誰も部屋には入ってこない。

「見て参ります」

皇甫珪が片眉を上げると剣を持って立ち上がった。

そして戻ってきた手には一通の手紙と箱があった。手紙は絹に書かれ、箱は漆の塗られた立派なものである。彩蓮は、耳を箱に当てて生き物、特に蟲《むし》ではないことを確認すると、恐る恐るその箱を開けてみた。中にあったのは――白い玉で作られた璽《じ》だった。亀の形をしたそれには紫の房のついた紐《ひも》があり、裏返すと「王后之璽」とある。

王后が命令書に押す印に違いない。

「戸の前に置いてありました」

「こんな大事なものが？　なくしたら大変なものよ」

「返しに行ってきます」

「誰に？　王后は今は空席よ？」

「文にはなんと？」

彩蓮はたたまれた文に目を落とす。達筆な文字が並ぶが、差出人の名前はない。

『璽の持ち主は武曜王后。璽は遺族に渡してくれないか』ですって」

「誰です？」

「前王、令静でしょう。自分で返せばいいのに」

未だに宮廷に配下を残しているのだと思うと背筋が寒くなる。それだけ、今の王に反発する輩が多いのだろう。前王は善政を長きにわたり敷いていただけに慕う者は、当時から少なくなく、王位が簒奪《さんだつ》されたとなれば、尸解仙として復活した令静に人々の期待と同情が集まるのは当然かもしれない。

「どうしますか？」

「ううん。そうね……暇だし、武曜王后について調べてみようかしら。遺族に渡せば、陵に璽が埋葬されるかもしれないわ」

「御意」

「この狭い部屋にいたら息がつまる。書庫に行きましょう。都合がいいことに書庫の鍵《かぎ》はまだわたしが持っている」

「日が高いですが、どうやって中に入りますか」

「それはあなたが考えることよ」

片目を瞑《つぶ》ってみせると、大男は首の後ろを掻《か》きながら「それは、困った」とこぼすが、馬鹿な男ではない。「ちょっと行ってきます」と出ていったかと思うと、すぐに戻ってきて、彩蓮の上着をその背に掛けた。

「時間がありません。目的の本を見つけたらすぐに退散します。よろしいですか」

「分かったわ。二度目だから、どこにどの本があるかは分かっているから大丈夫」

「ではまいりましょう」

外の風は生暖かった。

青い木が枝を揺らしている。

人も少なく、宮女や女官のおしゃべりの声さえしない。彩蓮は上着の襟を寄せた。

「暑いですか」

「いいえ……どうも寒くてならないわ」

それは何かの予兆のように思われてならなかった。

3

「火事だ！　火事だぞ！」

書庫の近くに行くと、大きな声が聞こえた。兵士たちは一斉に声の方向を振り返り、何事かと顔を見合わせる。しかし緊急呼び出しの笛の音が聞こえると、手に持っていた戈《ほこ》を捨てて走り出した。宮殿で火事ともなれば大変なことになる。日頃、厳しく訓練されているから、火事の時は、全員が協力して消火にあたることが規則に定められているからである。彩蓮は不安になった。

「本当に火をつけたわけないわよね?」

「まさか。放火は大罪です。ただちょっと悪戯《いたずら》しただけです」

皇甫珪の言う通り、空には上る煙はない。皇甫珪が彩蓮の腕を引っ張った。

「急ぎましょう。そう長い間、騙《だま》せません」

二人はなんなく見張りのいない書庫の中に入り込んだ。

夜と違い、昼間の書庫には窓から光が斜めに差し込んで、お目当ての竹簡の束を探すにはそれほど苦労はない。彩蓮は東側の棚に走り寄って、指先で触れ、すぐに「王族諸氏録」を見つけた。これには王族の名簿があり、生まれた年、場所、官位官職、両親、祖父母の名まで書かれている。彩蓮は開こうと陽の下へと移動したが、皇甫珪はそれをさっと上から取り上げた。

「ちょっと!」

腕を伸ばしても届かない。

「行きましょう。これは、夜に俺がこっそり返しておきます」

皇甫珪は巻物を懐に入れると、人差し指を唇に重ねて、息を潜めた。戸の向こうから「なんだ、火事じゃねぇのか。紛らわしい」と文句を言い合いながら近づいてくる男たちの気配がする。彩蓮は一度、躊躇《ちゅうちょ》したが、皇甫珪はその背を押して戸をそっと出る。

「木の陰に隠れていて下さい」

頷《うなず》いた彩蓮は衣を翻して、草むらに飛び込んだ。その間に皇甫珪は器用に鍵をかけて、建物の陰に隠れると、兵士たちが報告し合っているのを確認してから、彩蓮の待つ藪《やぶ》に音も立てずに来る。

「行きましょう」

「ええ」

息を切らした二人は、やがて王の巨大な庭に足を踏み入れた。霊山を模した岩の横を走りすぎ、楓の木の下を潜って、人のいない場所にようやくたどり着く。

それは王が彩蓮に下賜した東屋《あずまや》である。

小さな建物であるが、人が来ないので、密談にはちょうどいい。彩蓮は足を伸ばした。すると白い足首が顕《あらわ》になった。皇甫珪が慌ててそれに自分の上着をかける。

「別に寒くないし、誰もいないわ」

「いえ、俺が気になるんで」

「あ、そ」

意に介さない顔をしたけれど、彩蓮は密《ひそ》かに赤面した。皇甫珪が畏《かしこ》まり、懐から「王族諸氏録」を取り出して両手で掲げて彩蓮に手渡す。

「ありがと」

彩蓮は竹簡を留めていた紐を緩めると、斜めに読んで探す。

「それで、武曜王后のことは何か書いてありますか」

「ちょっと待って……」

時代をずっと下って、武曜王、つまり前王の御代になって初めて王后の名が出てきた。

「ちょっと！　『武曜王の王后、麗蓮《れいれん》。太祝、貞白の娘』ですって」

彩蓮は皇甫珪の顔を見た。

「彩蓮さまの伯母《おば》上です」

「知っていたの？」

「詳しくは知りません。ただ貞白さまのご息女がかつて王后であったというのは知っています」

「どういうこと？」

彩蓮は重苦しく言った。

「一族の中で語ることは、暗黙裡《あんもくり》に禁じられていたようです。何か不吉を恐れるような具合に」

「つまり、璽を返すというのは、お祖父《じい》さまに渡せばいいということ？」

「魯女官がいれば聞くことができたかもしれませんね」

年老いた魯女官は先の王后の侍女だったと騎遼が言っていた。しかし、太子騎遼暗殺の実行者である。自刎《じふん》し、すでに鬼籍の人である。

彩蓮は東屋の柱を支えに立ち上がろうとした。そして柱の向こうを見た。池が広がっている真ん中に朱色の橋が架かっている。初秋のこと、青々と麗しい光景ではあるけれど、橋の上に若菜色の衣を着た青年を見つけると、彩蓮は不思議な錯覚を覚えた。日差しがまぶしい初夏のような感覚である。暖かで心地よく、池では睡蓮《すいれん》の花が蕾《つぼみ》をほのかに染めている。ぱっと世界が蒼《あお》くなり、優しい風が彩蓮の髪を撫《な》でた。

「麗蓮」

破顔した橋の上の人がいう。

「すぐにそちらに行くよ」

声は木霊《こだま》して聞こえた。彩蓮は何かを答えた。「早く」だったのか「駄目よ」だったのかは、分からないが、確かに何かを言った。彼が橋をこちらに向かって走ってくる。彩蓮も東屋を後にして彼を迎えようとした。暖かな陽射しが彩蓮を包む。男の顔はよく見えないが、笑っているのが分かる。蝶《ちょう》が頰の横を横切って、牡丹《ぼたん》が足元に咲いていた──。

「彩蓮」

「…………」

「彩蓮」

しかし──

気づけば目の前には騎遼がいた。たちまち蒼く幸せに満ちた幻想は消え去って暑いばかりの昼下がりになる。彩蓮はその幻想と現実の間の溝に挟まったように、ぐらりとめまいがして額を右手で押さえた。騎遼はそんな彼女をすぐに支えた。なぜだろう、暑いのに寒気がする。

「彩蓮？」

彼は彩蓮を胸の中に収めると、皇甫珪に戸惑いを見せた。彼も訳が分からず、彩蓮の顔を覗《のぞ》き込む。だが彩蓮はまだ幻想の残像の中にいて男たちの呼びかけに答えることができなかった。眼前にある橋は左右に揺れ、さざなみが立つ水面《みなも》のようにはっきりしない。それでも彼女は何度も瞬《まばた》きをして視線を上げた。

そしてもう一度、彼の背の向こうにある橋を見れば、そこにいたのは、たくさんの供を引き連れた王だった。若草色の衣の若い男はもうどこにもいない。王はこちらをじっと見て、彩蓮もじっと見返したけれど、ただそれだけでこの国で最も高貴な人は、彩蓮に背を向けて行ってしまった。

「彩蓮？」

騎遼が案じたようにもう一度言い、彩蓮は現実に戻される。

「どうした？　大丈夫か」

「え、ええ……立ちくらみをしただけよ」

彩蓮は再び柱を頼りに座った。青い顔をしているのは自分でも分かる。

「火事騒ぎがあったと聞いた。心配になって捜していたんだ」

彩蓮に向けられる騎遼の声は優しかったが、すぐに瞳《ひとみ》は鋭くなった。それは皇甫珪に向けられたもので、騎遼は片手を大男の前に差し出した。

「懐に隠しているものを出せ」

「…………」

「書庫に盗みに入ったのは分かっている。お前の主人まで罪をかぶることになるぞ」

強い口調で、騎遼が言った。彩蓮は驚いて友人を見上げる。

「わたしが入ったのよ。皇甫珪ではないわ」

「彩蓮。君が入ったなんて言ってはいけない。貞家は今、微妙な立場であるし、いろいろなところに迷惑をかけることになる」

「俺が一人でやったことです」

彩蓮が何かを言う前に皇甫珪は「王族諸氏録」を騎遼の手に載せた。貞家に迷惑をかけると思っただけで、彼の体は動いてしまうのである。

「盗んだのは、『王族諸氏録』か。何を考えている。これは重要な書籍だ。王族でも見ることはなかなかできない」

皇甫珪はその問いには答えなかった。

口をきゅっと結んで立っている。拷問されても決して彼は彩蓮の名どころか、理由すら漏らしはしないだろう。騎遼は諦《あきら》めて彩蓮を見た。

「何を調べている？」

「ある人の遺族を調べたかったのよ」

「誰を？」

「武曜王后」

「君って人は……」

「わたしの伯母さまなの？」

「知らない」

「じゃ、知っていることを教えて」

騎遼は東屋の脇の小道に彩蓮を誘った。まっすぐに行けば王が先程いた橋にたどり着く。少し離れて皇甫珪がその後に続いたが、まだ顔の青い彩蓮は、ふらふらする身を隠すために騎遼の腕を取る。幻想がすぐそこにあるのに、届かない。橋の上の青年がすぐそばにいるのに、とても遠く感じる――。

「彩蓮？」

名前を呼ばれた彼女ははっとして自分のいる場所を思い出した。そして騎遼の腕を握っていた手を離して向かい合った。

「騎遼。お願い、話して。とても重要なことなの」

彼は彩蓮を見て、小さな吐息をした。

「武曜王后はまたは貞王后《ていおうごう》という。君の伯母上だよ」

騎遼の言い方はどこか投げやりだった。

「それより、東屋にはあまり行かない方がいい。王は君にくれると言ったけれど、鵜《う》呑《の》みにしてはならないよ」

「そうなの？　ごめんなさい。ちょうどいい場所なのよ。景色もいいし、風が通って空気がいいの。気の淀《よど》みがないっていうか――」

「それと王といる時に皇甫珪と仲良くするのはやめておけ。ヤツの骨は、いくつあっても足りなくなるぞ」

不満げな彩蓮に騎遼は言いすぎたと思ったのか、彼女の頭に手を置いた。そして悪かったと自分の頭を下げる代わりに彩蓮の頭を前に倒す。

「心配させないでくれ……彩蓮」

「………」

「武曜王后のことは忘れろ」

「王后の璽がわたしの部屋の前にあったの」

騎遼の目が驚きの色に染まったがすぐに、その色を隠した。

「前王の仕業か――」

「教えて、騎遼。あなたの知っていることを――令静は、璽を遺族に返したいと言っているの。どういう意味？」

4

しかし、押し黙ったまま騎遼は何も言わなかった。皇甫珪を橋の袂《たもと》に残すと、二人は半円の橋の中央へと行く。ここから東屋《あずまや》が見え、騎遼は王がそうしていたのと同じように、欄干に手を置いて、向こうをじっと見つめた。あるのは空っぽの東屋だけで、柱と柱の間を風が通り過ぎていく。

「歴史は簡単に塗り替えることができる」

彩蓮は騎遼を見た。

「でも簡単に暴かれることも事実だ。父上は実の兄を殺して王位についた。まだ十八年しか経っていないから、皆が覚えている。隠しようもないというのに父上はそれをなかったことにしようとやっきになっている。前王は復活し、白い亀は消えた。嘘は嘘だ」

「騎遼……」

「今、それが君によって暴かれようとしている。それが何を意味するのか分かっているのか、彩蓮」

「わたしはただ――」

「ただ？　ただの好奇心で？　ただの好奇心で王の、この国の秘密を暴こうとしている？」

「わたしは……」

「買いかぶりだったな。君はもう少し思慮深いと思っていた」

彩蓮はそれにかっとなった。彼が心底呆《あき》れてみせたからかもしれないが、自分でもそう思ったからだった。王の秘密を暴いて何になるというのか。貞家に迷惑をかけ、皇甫珪はまた罰を食らうかもしれない。それでも反論してしまうのは、もうこの泥沼にどっぷりと足を踏み入れてしまったからだった。

「違うわ、だって――」

彩蓮はいっぱい言い訳を用意していた。ただ璽を渡したかっただけの話であるとか、嘘で固めた歴史など意味がないとか、王もきっと過去を消し去ったことを後悔しているはずであるとか。しかし、それは言葉として発せられることはなかった。なぜなら、その刹那《せつな》、再び幻想が彼女を襲ったからである。

今度は橋の上から東屋を見ていた。

東屋には二人の男女がいる。黄金の衣を着た人と、桃色の衣を着た高貴な女性である。それを見た瞬間、胸を鷲摑《わしづか》みされたような感覚が襲い、高欄をぎゅっと摑んで離せなくなった。きりきりと爪が欄干を傷つける。そして心に浮かぶのは、悲しみであったり、憎しみであったり、嫉妬《しっと》であったり。その全てが煮えたぎる鼎《かなえ》の中に放り込まれ、ぐつぐつと異臭を放ちながら煮立つのだ。

彩蓮は思わず、騎遼の腕を強く摑んだ。思いがけない力に、彼ははっと彩蓮を見た。

「騎遼」

彩蓮は目線を東屋に向けたまま、対の佩玉《おびかざり》を手繰り寄せる。

「あの東屋で何が起こったの？」

「…………」

「何が起きたの？」

佩玉が互いにぶつかりあってかちりと音を立てた。

騎遼が吐息を漏らす。

「あそこで女が死んだ」

「誰？」

「父上の最愛の人さ」

「最愛の人って、誰のこと？」

騎遼は欄干に腰を下ろした。

「武曜王后だよ」

「でも、武曜王后は前王の妻じゃ……」

「それが理由だよ。政治だの戦だの、いろいろ理由を付けているけれど、父上が謀反を企《たくら》んだのはただ一人の女が欲しかったからというだけの話だ」

彩蓮は固まった。

「だが、武曜王にも非がある。もともと武曜王后、いや、貞麗蓮と呼ぼう。彼女は父上の許嫁《いいなずけ》だった。君の父上と王は幼い頃からの友人で、その姉を父上は愛したんだ。恋仲になった二人は、やがて結婚を貞白から許されたが、ある時、淑から亀が献上された。その儀式で前王は、君の伯母《おば》上を見初めたんだ。貞家は王からの命令を断れず、卜占《ぼくせん》を偽って、麗蓮を前王に嫁がせた」

幻想はこの三人の過去だったのだと彩蓮は合点がいった。

はじめの幻想は東屋からまだ公子だったころの王を見た麗蓮のもの。二度目は王が武曜王と麗蓮の姿を見た時のもの。それで、点と線が結ばれる。

「魯女官のことも調べ直した。あの女の娘は初め、父上に仕えていた。父上は武曜王后付きの宮女にし、王后との文のやり取りの仲立ちをさせていたんだ。前王はそれに気づいて見せしめに殺した」

「じゃ、どうして王さまを恨むの？　恨むなら、普通、殺した前王ではない？」

「父上はその宮女の恋心を利用して、危険な役目を与えていたんだ。殺されて当然の役目をね。前王は父上に何度も警告したらしい。が、父は聞き入れなかった。そして池で宮女が浮かんだんだ。手を下したのは、その頃はまだ前王に仕えていた永文だったが、見殺しにしたのは父上だった。だから少しばかりの良心が痛んだ父上は魯女官に埋葬を許したんだ。娘は武曜王后とともに陵に眠っているらしいから」

彩蓮は言葉を発することを忘れた。

「東宮殿に戻ろう」

「ええ……あの、でも、もう一周だけ池を回ったら帰るわ……」

「分かった。日が沈む前には戻って来い」

「ええ……」

騎遼は何か言いたげに、でも何も言わずにその場を去った。

空は急に曇り、風は日没を告げるのか、僅《わず》かに涼しくなった。彩蓮は身震いをした。彩蓮の上着を持っていた皇甫珪がそれを無言で肩にかける。

「もう戻りましょう。雨でも降ってきそうな空模様です」

「馬鹿ね」

彩蓮は澄まして笑った。

「はい？」

「騎遼が何を考えているか分からないのは今に始まったことではないわ。いちいち言っていることを気にしていたらしょうがないわ。わたしたちにはもう一人、話を聞けそうな人がいるじゃない？」

「誰ですか」

「永文よ。魯女官に仕えていたのだし、前王を殺した人物でもあるわ。きっと伯母上さまのことも知っているはず」

「顔面殴打されたうえ、鴆毒《ちんどく》で死んだ宦官《かんがん》のことですか」

「そう。このあたりにいるはずだわ。貞家は今すごく大変で、宮殿で死んだ呑兵衛《のんべえ》の霊を滅するほど時間がないと思うの。きっと高明が気を利かせて捜してくれていると思うのだけど」

彩蓮が見回すとやはりいた。竹の陰で宦官の衣を来た高明が手を振っている。隣でどぎまぎしているのは、永文だろう。彩蓮は幽霊が視えない皇甫珪を置いて、竹林に近づくと石に座った。

「教えて」

「なんなりと」

答えたのは高明で呑兵衛永文ではない。

宮廷の掟《おきて》を知っている永文は死んでもなお、宮殿内の秘密を口にするのを恐れていた。だからと言って、呑兵衛永文とて永遠にこの閉ざされた空間の中で存在し続けたいと思ってはいないはずである。

「お願い、教えて、永文。あなたも生きていた時の罪を悔いて、ずっとここにいたいとは思っていないはずよ。魂を巫覡《ふげき》に滅せられるのではなく、自分の意思で黄泉《こうせん》に行くのがいいと思うの」

霊は目を合わさずに、再び暗い竹林の中に隠れた。

「お願い。武曜王后のことで、知っていることがあったら教えて。なぜ貞家は伯母上をまるで存在しなかったように扱ってきたの？」

彩蓮が陰の中に懇願すると、殴打された時のままの顔が、こちらに半分向いた。

「貞家は知っていたのです。天が定めた縁を裂き、別の人間に嫁がせれば、不運が起こると。それなのに、王命に逆らいきれずに卜占を歪《ゆが》めた。だから、太祝は娘のことを口にしなくなった――そういう話かと存じます」

　そして彩蓮は麗蓮が哀れになった。好きな人と引き離されたばかりか、その兄と結婚し、二人が玉座を巡って争えば、すべてが彼女のせいとなる。彩蓮は一歩踏み出そうとした。竹の葉の掠《かす》れた音がして、足元がぐらついた。またあの幻想であると、気づいた時には、もう彩蓮はその中で、カチカチと佩玉と佩玉が鳴り合っているのが響くのをどうすることもできない。

「私を愛しているのなら、愛しているのなら――」

　見れば、目の前に若き日の王がいた。

「麗蓮」

　切ない声が耳元で響き、手渡された包みを受け取って、後悔で一杯になる。自分が麗蓮という人の記憶の中にいて、逃げ出したいのにどうすることもできない。それなのに目の前の幻像の人は、こちらを愛《いと》おしそうな瞳《ひとみ》で見て言う。

「麗蓮」

「できません」

　包みは若菜色の衣の人に押し返された。相手は――銀髪の男は――それに傷ついた顔をする。

「あなたを愛しているから、誤ったことはできないのです」

きっぱりと言い切ると、麗蓮は踵《きびす》を返した。すると彩蓮と彼女は別々の存在となって、去って行く。男のだらりと落ちた手の中にあったものは何だったのだろうか。

5

「彩蓮」

男の声がした。

若菜色の衣の男の声だ。

「彩蓮」

彩蓮は、そっと目を開いてみた。眼の前は霧がかかったように薄暗く、銀髪の人が彩蓮の両腕を握って支えてくれていたことに気がついた。

「騎遼……」

「…………」

「めまいがしたの……めまいがしたのよ……」

「宮殿は魔物も霊も形にすらならない人の悲しみや恨みも、そこかしこに漂っている」

「そうなの。きっとそうだわ。それに違いないの。よく分からないけれど、変なの。

過去がすぐそこにあるのよ――」

「彩蓮」

彩蓮は、背に風を感じた。上着をいつの間にか肩から落としていたのだ。なぜか、さっきまで竹林の前にいたというのに、今は橋の真ん中に立っている。皇甫珪は何をしているのだろう。上着を持ってくるのは彼の役目なのに。そんなことを思って、ぐるっと視界を回せば、自分が今にも橋から飛び降りそうになっていることに気がついた。

「引きずりこまれてはならないよ、彩蓮」

彩蓮は顔を上げた。

男の金の小冠《しょうかん》が秋の陽を集めて輝き、黄金の袖《そで》が彩蓮の頬に近づく。「騎遼」と言おうとして彩蓮は何かが間違っていると思った。戦を終えて帰国した騎遼は、もっとがっちりした体格であるし、禁色をまとわない。そしてその指には翡翠《ひすい》の指輪をはめている。けれど目の前の人は、二連の金の指輪をしていた。

「王さま……」

「気がついたか」

「…………」

「連れて行かれそうになっていたよ」

霊にあちらの世界に引きずられてしまいそうになっていたのだと言う。悪戯《いたずら》な霊たちはあらゆる手段を用いて生きし者を常世《とこよ》の国へと連れて行こうとするものである。先程の幻想もまたその一つなのかもしれない。この庭に漂う負の記憶が、霊たちの悪意によって彩蓮を惑わしていたのだ。見れば足元に黒い気が渦巻いていたのが、すうっと逃げるように池の中に消えていく。

「無事でよかった」

騎遼によく似た人は彩蓮をその場に座らせると、自分の膝《ひざ》をつく。王の目線と合うことなど恐ろしいはずなのに、彩蓮はまっすぐに彼を見る。騎遼に年を重ねた顔の王は、息子以上に孤独で鋭い瞳をしていたけれど、彩蓮と目が合うことを厭《いと》わなかった。

「王さまが、あの人——麗蓮《れいれん》が愛した人ですか?」

王は瞠目《どうもく》して尋ねた。

「その名をどこで?」

「王さまが言っていたんです。愛しているなら——って」

「………」

「愛しているからって——」

彩蓮の説明は支離滅裂だったが、包みを王の胸に押し当てる仕草をすると、禁色の人は息を飲む。彩蓮はまだ頭がぼおっとしていたが、王の左手の上に右手を重ねる。

あの日のように」

「そなたが宮殿に来る日をずっと待っていた。抱きしめさせてくれ。あの人を失った
王は彩蓮の肩を抱いて、背に手を回した。悲しみと喜びが入り混じった抱擁で、それは、この国の偉大なる王のものではなく、一人の人間としての抱擁だった。彩蓮のことをとても案じている。

「なぜ、武曜王だけでなく、伯母《おば》まで殺したのか、聞いてもいいですか」

「麗蓮は我が許嫁《いいなずけ》だった。相思相愛だったと言っていい。しかし、淑が戦に負けたツケに白亀を献上したことから、すべては始まった――」

亀を前王の御前に献上する役目を負ったのが、麗蓮だったという。

美しい人を一目見て、気に入った武曜王はすぐに入宮を求めた。ちょうど先の王后が逝去し、正妻の座も空いていて、処遇に問題はなかった。

「しかも兄は、麗蓮を諦《あきら》めさせるために、成国《せいこく》公主との婚礼を寡人に命じた。貞家の娘が側女になることは許されないし、兄王も今までになく貞家に圧力を加えたから、貞白は兄王に麗蓮を嫁がせることに決めたのだ。貞白を恨んではいない。事情は分かっていた。ただ兄王だけは許せなかった。実弟の女《ひと》と知りながら奪っていったのだからね」

「伯母は……伯母は一体、なんて」

「麗蓮は『抱きしめられた時は、いつだってあなたを思い出し、あなただと思うことにするわ』と言ったよ。宮殿に入った麗蓮は景の王后として恵まれた生活をした――むろん彼女の心、以外はね。兄王はすぐに麗蓮に心を奪われたが、なかなか子はできなかった」

美しき王后とその義弟の密《ひそ》かな恋は、しかし清いもので、想い合うだけで幸せだったという。王は懐かしそうに目を細める。

「何度か密かに会おうとした。が、兄に知られることになり、手引きをした宮女がこの池で殺された。それから麗蓮は寡人と会おうとしなくなったのだ。心は掻《か》きむしられたよ」

「麗蓮を恨んだのですか」

「恨もうはずもない。愛《いと》しさばかりが募るだけだった……」

欄干に摑《つか》まった彩蓮は、ここから見える秋の東屋《あずまや》を見た。小道が前にあり、池がよく見えるように西向きに作られている。右に築山《つきやま》、左に宮殿。後宮壁は高い竹林が隠す。風は南から北へと流れて、空をゆく旅鳥の背を押していた。

「寡人は兄王の暗殺を麗蓮に持ちかけた。用意した毒を盛って欲しいとね。しかし、それはすぐに断られてしまった。あの人はそんなことをするような人ではなかった。

心優しく、人を憎むことなど知らない人だった。だから一人で兄を殺すことにした。太后からの使いを装って兄王が鴆酒《ちんしゅ》を飲むように仕向けたのだよ。多くの人間がのちに賛同した。兄王は戦を重ねていたため内政が疎かになっていたからね」

王の目が橋の袂《たもと》のほうを向いた。

気づけば、騎遼が橋の袂で皇甫珪と並んでいる。心配げな男の瞳《ひとみ》。背を震わせた彩蓮の肩に王が麒麟《きりん》の紋のついた衣を重ねる。

「寡人の計画は完璧《かんぺき》だった。しかし麗蓮は人が死ぬのを黙って見ているような人ではなかった。だから、あの日——兄を毒殺しようとした時。麗蓮はあの東屋で兄の代わりに杯を呷《あお》ったのだ。それは当然、兄王を助けるためだったのだろうが、同時に命を張った寡人への諫言《かんげん》だった。しかし、その時にはもう後戻りできなかった。毒殺が失敗に終わったと知った寡人は東屋に駆け込むと、倒れた麗蓮の体を飛び越えて、兄を剣で一突きにした」

これがことの顚末《てんまつ》なのだと、黙々と王は言う。そして騎遼を顎《あご》で呼んで、息子が遠慮がちに後ろに控えると、王は続けた。

「彩蓮。許して欲しいとは言わない。ただ、信じて欲しい。麗蓮と寡人は愛し合っていた。寡人が息子とそなたの婚礼を望む理由も分かってくれたか」

「わたしは……」

彩蓮は何と返していいか、分からずに騎遼は見た。彼は拝手して王に向き合うと、

「彩蓮は疲れているように見えます。どうか、しばし休ませてやってください」と助け舟を出す。

「うむ……」

言い迷う王。しかし騎遼は王が許す前に歩き出した。

「行こう、彩蓮」

彼が王の機嫌を損ねかねないことをするのは珍しい。皇甫珪がその後に続いて、背を丸めた彩蓮をかばうように彼女の背にぴたりと付いてくる。

「騎遼は知っていたの？」

「調べさせた……それほど難しくない。まだ十八年しか経っていない出来事だ」

彩蓮は彼の袖を引っ張った。

「騎遼。令静はどうなるの？」

「捕まえ次第、極刑だ」

「あの人は前王であり、わたしの伯父《おじ》よ」

「今の王は父上だ。それに反旗を翻した。それを罪と言わずに何を罪と言う？」

「どうして、今、なのかしら」

騎遼の腕がぐっと彩蓮を引っ張り、接吻《せっぷん》しそうなほど顔と顔が近づく。しかし、彼

の目には色気などはなく、切なさで一杯だった。あるいは悲しみというべきか、どうにもならない運命に、自分たちが作ったのではない道に翻弄《ほんろう》されている怒りもあった。

「分からないか。俺たちだよ。俺たちが近づくのをよく思わない連中がいるんだ。父上は、君と麗蓮を同視しているきらいがある。前王派にしてみれば、麗蓮の姪《めい》が、仇《かたき》に騙《だま》されそうになっている。救ってやらなければ。真実を知らせてやらなければ。そう思っているのさ。大きなお世話だ。君はずっと幸せにやってきた。そしてこれからも幸せに暮らすはずだったのに」

彩蓮は騎遼をじっと見た。彼は近すぎる顔をそむけて、きりきりと扇子を握ると、彩蓮を振り返る。

「しかも、俺は君を妻にしたいと公言した。奴らとしては耐え難いことだろう。侮辱と捉《とら》えてもおかしくない。奇《く》しくも、ちょうど十五年に一度の都の結界の張り直しの時期だった。あちこちで首を掘り出していたせいで、それに紛れて、前王の配下の妖《あや》かしや尸解仙《しかいせん》である令静自身が都に入り込む隙ができたんだ」

「騎遼……」

「君を愛おしいと言ったのは嘘ではない」

彩蓮は泣きそうになった。

騎遼は大切な友達で、ちょっと冷たく、何を考えているのか分からない男。それが彼なのに、令静は過去の鎖のように次代を苦しめ、友情も恋情をも超えた絆《きずな》を奪おうとしていた。

「彩蓮さま」

そんな時、大きな手が彩蓮の手を大事そうに包む。

「皇甫珪」

「いいように利用されるだけです」

「……………」

「王と太子もあなたを得ることで貞家を懐柔し、国の安定を図ろうとしているのです。惑わされてはなりません」

彩蓮は二人の男の間で立ち尽くした。

困惑の瞳で、二人を見比べ、そして天を見上げれば、雲が宮殿の甍《いらか》の群れを圧するかのように低く漂っている。雨が近いのか、じっとりとした空気が、彩蓮を包んだ。

「彩蓮。君の協力が必要なんだ」

彩蓮は口を開きかけ、騎遼は彼女に手を差し伸べた。

「わたし——」

その時である。

門楼からゴーン、ゴーンという鐘の音が聞こえてきた。低い鐘の音が木霊《こだま》して騎遼と皇甫珪だけでなく、その場にいた武官の全てが一瞬、動きを止めて眉《まゆ》を寄せる。彩蓮は、大男の袖《そで》を引いた。

「どうしたの？」

七つ鳴ったのを聞き取ると、皇甫珪が答えた。

「敵襲です」

「え？」

「何者かが宮門を破って攻めて来ているのです」

6

怒号が聞こえたのは鐘が鳴り終わった直後のことである。

うめき声のようなものも聞こえる。規則正しくドン、ドンと何かが何かに打ち付けられる音もする。

「玄武門《げんぶもん》はやられそうだな」

騎遼がつぶやき、皇甫珪が、彩蓮を背に隠した。

「皇甫珪、何が起こっているの？」

「たぶん、前王が挙兵したのでしょう。この音は、宮門に衝車《しょうしゃ》が打ち込まれている音でしょう」

「衝車って？」

「衝車とは、四輪の車に巨大な槌《つち》を乗せた城攻めの兵器です。門扉を壊すのに使うのですが、宮殿内の兵士だけでいつまで持つか――。いずれ敵兵が一斉にこちらになだれ込んできます」

騎遼は厳しい顔をしていた。

「兵を集めろ」

「はっ」

高貴な太子の顔から、急に彼は武人の顔になった。いつも手から離さない扇子を投げ捨てて、佩《お》びた剣の具合を確認すると、垂らしていた銀髪を一つにまとめ上げた。

「ゆくぞ、皇甫珪」

「はいっ」

皇甫珪は騎遼の呼びかけに、その背を追い始めたが、すぐに足を止めて彩蓮に向き返った。

「彩蓮さまは、幽霊と庭の橋の下で隠れていてください。必ず迎えに行きます。功を立てて、将軍になってみせます」

「皇甫珪……」

「行かねばならぬのです」

皇甫珪は彩蓮の髪を撫《な》でた。皇甫珪は男だと彩蓮は思った。いつだって彼は使命感に溢《あふ》れ、運命に抗《あらが》おうと一生懸命だ。将軍など夢のまた夢なのに、皇甫珪がそう言えば、本当に実現してしまいそうだった。

「信じている」

「おまかせください」

笑顔を残して皇甫珪は、騎遼の背を追った。

そして彼はすぐに追いつき、騎遼と頷《うなず》き合う。遠退く男二人に彩蓮は不安を感じて、胸の前で祈るように手を組む。

「お願い、無事でいて——」

しかし、その祈りはすぐに破られた——。何かが斜めに皇甫珪を横切って騎遼に向かったのだ。皇甫珪は素早くそれを剣で払い、二つに斬る。箭《や》だったと彩蓮が気づいたのは、騎遼が驚いて後ろを振り返った後のことだ。

「後ろに隙が多いようです、太子」

「俺は前しか見ない。後ろはお前に任せる」

「はい」

玄武門だけではなく青龍《せいりゅう》門もまた、破られていたらしい。なだれ込んできた兵士たちが騎遼の兵士たちと干戈《かんか》を交える。皇甫珪も鞘《さや》を払う。

皇甫珪が剣を構えたと同時に、太子の首を狙う黒衣の謀反人たち、五十人ばかりが一斉に襲いかかった。騎遼が三人、皇甫珪が四人を一度に相手にし、護衛武官たちも太子を守るべく周囲を囲む。彩蓮は、弾《はじ》かれて地べたに転がった剣を摑《つか》むと、ひどく重いそれを腰に力を入れて持ち上げた。

「橋の下に隠れているような人間じゃないのは知っているわよね?」

皇甫珪に届かないと分かっているけれど、彩蓮はそうひとりごちてから、きりりと眉を上げた。

「わたしが相手になるわ」

切っ先を向けられた兵士がこちらに向かって走り出し、彩蓮も土を同時に蹴《け》った。男の剣は彩蓮の首を端《はな》から狙ったものだったが、彩蓮は身を屈《かが》めてすんでのところでかわす。彩蓮は左脇を斬って、そのまま脇を抜けた。そして目の前に何千もの兵士がこちらに近づいているのを見つけると、顔から血が引くのを感じた。それでも皇甫珪たちが円を作って必死に戦っているのを見ると、唇を強く嚙《か》む。

「皇甫珪!」

「こちらに、彩蓮さま!」

頷いた彩蓮は勢いをつけて敵兵の背を踏んで人垣を乗り越えた。彩蓮の紅の衣が灰色の空にぱっと広がり、肋《あばら》の骨を折ったばかりの皇甫珪の代わりに騎遼が両手を広げてそれを受け止める。

「無茶をするな、彩蓮」

「あなたこそね」

彩蓮は騎遼の代わりにもう三人相手にしている皇甫珪に言った。

「何をもたもたしているのよ」

「彩蓮さま……お願いですから、後ろにいてください！」

しかし、彩蓮は戦う皇甫珪の腰に近づくと、腰から吊《つ》り下げられている笛を強引に引き抜いた。書庫に隠れ入った時に使った、火事を告げる笛である。彩蓮はそれを思いっきり吹いた。女の悲鳴のように甲高い笛の音は、天高く、あたりに広がり、空気を裂いた。

「敵を呼ぶぞ、彩蓮！」

「すでに囲まれているわ。こちらにいくら精鋭がいるといっても所詮《しょせん》二十名。敵の数が、千が三千になってもあまり違いはないけど、味方が千になったら生き残る可能性はあるわ！」

彩蓮は呪《じゅ》を唱えた。

彼女には大した霊力がなく、他の巫覡《ふげき》のように相手の攻撃を封じたり、動けなくしたりすることはできないけれど、祖父お手製のたっぷりと霊力が込められた札は持っていた。

彩蓮は頬を赤く染め、右手の指を二本宙に立たせると、指と指の間に挟んだ札がピンとなり、刃物のように鋭くなる。

「味方が応援に来るまで持ちこたえるわよ!」

彩蓮はそう言うと、皇甫珪に戈《ほこ》を今にも下ろそうとしていた黒衣の謀反兵の腕を、札を飛ばして斬った。

彩蓮は連続して札を投げ、黒衣の男二人の首と肩を斬って、剣を持てなくさせた。だが、懐に入れていた札はあっという間に尽きてしまった。何度も確認するも、懐にはもう一枚もない。

彩蓮は舌打ちして、前で戦う男を見た。あの皇甫珪が荒い息をして、「くそったれが!」と絶対彩蓮の前では使わない語を痰《たん》と一緒に吐き捨てながら言う。吐いたのは血痰である。どこか怪我をしているのは間違いない。それでも髭面《ひげづら》は、足で敵の胴を蹴って後退させると、切れ味の悪くなった剣で力任せに胸を斬った。彩蓮も剣を握った。

「皇甫珪! 大丈夫?!」

彩蓮は皇甫珪の背に言った。

「大丈夫です！　全く問題ありません！」

そうはとても見えないけれど、皇甫珪は彩蓮の声を聞いて奮い立ったようだ。「うおお」と雄叫《おたけ》びをあげ、続けざまに三人を斬った。一人の脇を斬り、一人の首筋を、そして翻って三人目の鳩尾《みぞおち》に剣をゆっくりと差し入れる。血を浴びた彼は、顔を袖《そで》で拭《ぬぐ》い、「ふうう」と息を吐くと、それを静かに抜く。

そして血に染まった顔を拭う間もなく、後ろから襲ってきた男の脛《すね》を蹴ると同時に、騎遼に執拗《しつよう》に襲いかかっていた使い手を、振り返りざまに柄《つか》で顎《あご》を砕き、剣で斬り捨てる。騎遼が自分の敵を倒して言った。

「皇甫珪、ここはいい。彩蓮を逃がせ。前王にとって彩蓮は姪《めい》だ。殺しはしないだろう。ただ、この騒ぎに誤って何が起こるか分からない。安全なところに逃げろ」

「はい！」

皇甫珪が彩蓮の手を取る。しかし、彩蓮はがんとしてその場を動こうとはしなかった。もし皇甫珪がいなくなれば、要《かなめ》を失い、騎遼の命は露のごとく儚《はかな》くなることは目に見えているからである。

「駄目よ、皇甫珪。騎遼を見殺しにしたら」

「行け、彩蓮！」

「お願いよ……皇甫珪、誰があなたの主人よ。わたし？　それとも騎遼？　なぜ騎遼の命令に従うのよ……」

皇甫珪は彩蓮を見て、そして騎遼を見た。騎遼は「行け！」と言って二人のために敵を斬って道を作ってくれた。しかし、彩蓮は動かない。皇甫珪は迷った末に彩蓮を担いだ。

「なんでよ！」

「…………」

「なんでよ……」

彩蓮はその背を拳《こぶし》で何度も叩《たた》いたけれど、寡黙な武人から答えは返って来なかった。

7

——馬蹄《ばてい》の音がした。

現れたのは、黄金の部隊、二千あまりの禁軍である。むろん、その中央にいるのは、鎧《よろい》を纏《まと》った王である。禁軍は兵士の中でも選ばれし者がなることができる軍で、寄せ集めの謀反人たちとは違う。多くの戦を勝ち抜いてきた戦士なのだ。しかも、王は貞冥も連れている。謀反人たちは、あっという間に、屈強の兵士たちの戈の餌食《えじき》になった。首は狩られ、白い石畳は血の海になる。

彩蓮はほっとしたのもつかの間、それを喜べない自分を見つけた。皇甫珪の背から降ろされると、その様を彼の胴に抱きついて見ていた。

「夢見が悪くなります」

皇甫珪はそんな彩蓮の目を塞《ふさ》いでくれたけれど、その手からも生臭い血の臭いがして、嫌悪と悲しみが湧いてくる。彩蓮は皇甫珪の手を振り払い、馬でこちらに近づいてくる騎遼によく似た人を見た。銀髪の美男で、落ち着きと威厳を備えた人は、息子を見ずに、まず彩蓮に声を掛けた。

「無事で何よりだ。彩蓮」

彼は微笑み、馬上から手を差し出した。しかし、その後ろでは謀反人たちの殺戮《さつりく》が止むことはなかった。十数名で一人を囲って、叩きのめすのである。それは戦場での戦法で訓練された兵士は当然に行うものだけれど、数が明らかに違う。

「慈悲はないのですか」

彩蓮の言葉に男たちが息を飲む。あまりにまっすぐに王に言い過ぎた。しかし彩蓮はひるむことはなかった。

「今、息の根を止めなければ、お前たちの時代に禍根を残すことになる。これは寡人の時代に終わらせなければならぬことだ」

王に怒りの色はなかった。

「禍根は残せない」

王の馬につけられた金の轡《くつわ》が雲の間から僅《わず》かに見せた太陽に白く輝いた。彩蓮はこの人こそ王であると思った。残酷で、容赦がなく、誰かに寄り添うことは決してない孤独な人――それこそが王に必要な資質なのだとも思った。禁色の衣と鎧で身を固めて、どんな命令も天の名のもとで正義とする。

「せめて命を助けてあげて下さい」

彩蓮の願いは、しかし、騎遼がその口を押さえたことでかき消された。謀反人をかばえば謀反人であるとみなされるだけでなく、王を侮辱したと思われて罰せられる可能性が高かったからだ。しかし、王は笑って撲殺をやめるように手を上げた。下馬すると、彩蓮の前に立った。

「寡人はそなたの願いを聞いた。ならば、寡人の願いを聞いてくれないか」

王の手が凍える彩蓮の頬に触れた。その指先も血に濡《ぬ》れて、氷のように冷たい。

「騎遼と婚礼をあげるのだ。そなたは太子妃となる」

彩蓮は思わず、王と目を合わせた。

「たったそれだけで、ここにいる謀反人の命をそなたは助けてやることができる」

彩蓮はぶるぶると震えた。怒りのためだ。

王は悪戯《いたずら》な瞳《ひとみ》で斜めに彩蓮を見下ろしていた。試されていると彩蓮は感じた。もし、間違った答えを言おうものなら、即、皇甫珪など彩蓮の大切な人の首は斬り落とされることだろう。

　この孤独な王は、神のように、彩蓮だけでなく多くの人の運命を握っている。その現実に、彩蓮は憤らずにいられなかった。しかし、選択肢は一つしかない。見も知らぬ人だけれど、目の前でその生命の灯火《ともしび》が消えようとしているのを彼女は見ていられなかった。皇甫珪の刺すような視線を背中に感じながらも、それを正義感で無視した。

「わたしは――」

　彩蓮の言葉はしかし、何かに封じられた。なんらかの呪だと分かったのは、白衣の人が、大きな扇を広げて、門楼の屋根の上にいたのに気づいた後だった。

「彩蓮。言葉というものには魂がある。簡単に口に出してはならないよ」

　――令兄……。

　のんびりとした口調の男こそ、武曜王、令静――。

「彩蓮を困らせないでくれ」

　尸解仙《しかいせん》である武曜王令静は手のひらに炎を作り、王を見下ろす。王は弓を持った兵士たちに目配せするとすぐに「やれ！」と命じた。

　三十本近い箭《や》は一斉に飛び、令静の胸を狙う。しかし、死の国から甦《よみがえ》った人は、ぱっと放った紅の炎でその全てを一気に焼き尽くした。残ったのは灰だけで、それが、雪のようにはらはらと舞い落ちる。

「いくらでも射るがいい。結果は同じだけれどね」

令静は不敵に微笑み、王の怒りを買った。今度は二千の兵が一気に弓を引いたけれど、令静は両手を広げて、炎の玉を空に掲げて投げた。その一撃は、箭どころか、その射手の腕さえも焼き尽くす。凄《すさ》まじい霊力である。

しかも、貞家の家宰《しつじ》を務めていた貞幽がその場に現れ、八枚の札を指の間に仕込み、一気に両手から放てば、小刀に変わり、王の周囲にいる兵士たちの首筋に命中し、次々に倒れた。しかし、王にはまだ余裕がある。更に何千もの援軍が武具を鳴らしながら、現れたのだ。王とは人を統べる者だと、彩蓮は思った。その力は呪をも上回る時がある。

三度目の箭がつがえられた。

しかし、その前に令静は門楼の甍《いらか》を蹴《け》って飛び降りる。

風が湧き、塵《ちり》が舞って、兵士たちは目をやられたため、必死に瞬《まばた》きしたが、視界を奪われた。王は剣を握ると、令静の前に立った。

「要求は分かっている。玉座であろう」

「それと、彩蓮だ。彼女を引き渡せ」

「ならぬ……」

「歴史を書き換えようとしてもそうはいかない。叶《かな》えられなかった幻想を、史書を削るように息子に託す愚かさが分からないのか」

令静は持っていた剣を構え、斜めに空《くう》を斬る。湧いた気が、王を襲ったが、王は剣の使い手と見え、気の波動を読むと、その中心を斬り返した。気の渦はそのせいで煙のように消え失《う》せた。しかし令静もそれに負けてはいない。すくりと手を上げればそこにいた全ての兵士の手足の動きは封じられ、その場は二人だけの戦場となる。

そのため、間髪を入れずに接近戦となり、高い金属の音が鳴り響き、時に火花が灰色の空を染めた。劣勢なのはむろん、王だ。令静は術者であるだけでなく、若く健康な男子である。剣の腕は劣るにしろ、いくら攻めても、息はまったく上がらない。

「彩蓮、俺を縛っている術は解けるか！」

騎遼が横にいた彩蓮に言う。彼もまた他の兵士と同じように足が地から離れられないらしい。彩蓮は首を振った。そんな霊力はもともとないし、あったとしてもこの戦いは男どうしの死闘なのである。

——無理よ。そんなのは無理……。

「彩蓮、頼む！」

「分かった。やってみる」

彩蓮は迷った末に一応、呪《じゅ》を唱えてみた。しかし、令静の力は凄まじく術を解くことはできない。ところが幸運なことに、王が令静の腕を剣でかすめた。深手ではないが、その一瞬の隙に、彩蓮の呪が勝り、騎遼を縛っていた呪を解いて解放した。

「父上」

走り寄った騎遼。

「下がっていろ、騎遼」

王は騎遼が手出しするのを拒んだ。

これは男の意地と名誉の戦いである。二人の男は王位と過去を賭《か》けて戦っていた。

剣を十字に打ち合うと、力で押し合う。かと思えば後ろに飛び去って、間を開け、剣を構え直し、再び、互いに振り下ろすように剣をぶつけ合った。彩蓮は手に汗を握った。

「似非《えせ》王がっ！」

「黙れ！　死に損ないが！」

カンという大きな音を立てて令静の剣が折れ、地に飛んだ。勝敗は意外なことが原因でついた。王の宝刀に前王の剣が負けたのである。石畳に落下すると更にそれは二つに割れる。無論、その一瞬を王は見逃すはずはない。素早く令静の首に剣を突きつけて令静の動きを封じる。

「動くな。さもなくば今すぐ首を刎《は》ねる」

「刎ねてみろ。これだけ人の多いところで前王である私の首を刎ねれば、己の罪はどうやっても隠しきれないだろう！」

その言葉に腹を立てた騎遼がもう片方の首筋に剣を突きつけた。忘れてはならないのは、令静には貞幽が付いているということだ。背後で二人の戦いを見守っていた貞幽は、主《あるじ》の危機に呪を唱え、幻の蛇を騎遼の腕に巻き付けた。異族討伐に辺境へと行ったことのある騎遼は毒蛇の恐ろしさを知っている。そのせいで冷静さを失い、とっさに持っていた剣を落とした。

形勢はそこで逆転する。

令静は仲間の貞幽が投げた剣を受け取ると、切っ先をゆっくりと一周させて、王の顎《あご》に突きつける。

「私を殺して得た玉座の座り心地はどうだった？」

「悪くはない。兄王を殺したことに悔いはない」

「では麗蓮を殺したことも同じように言えるのか」

「…………」

「あの人は——私を庇《かば》い、自分の命を犠牲にしてまでも王后であることを貫いた。お前のような男が想う相手ではない」

「麗蓮は我が妻となる人だった」

「別れた女に恋々と、恥ずかしくはないのか」

王は令静を睨《にら》む。

「寡人はだれよりも麗蓮を愛し、麗蓮もまた余を誰よりも愛していただろう。ささやかなる幸せを奪ったのはお前だ。死んで当然だった！」

愛とは時として利己的なものと化す。麗蓮は本当に武曜王を愛していたのか、はたまた今上を愛していたのか。もう亡《いな》い人に尋ねようはないけれど、彩蓮は眼の前にいる王の主張は欺瞞《ぎまん》に溢《あふ》れているような気がした。

「麗蓮に顔向けできるのなら、黄泉《こうせん》でわびを入れるのだな！」

前王、令静は、静かに言うと剣を傾ける。青銅剣の光を集めてキラリと刃が輝く。

「さらばだ！」

8

彩蓮は剣を前に走り出した。

「止めて！」

それは謀反人から騎遼を救ったように、また、王から謀反人を助けようとした時と同じように、ただ命が目の前で失われることへの反発から起こったものだった。王の善悪などは考えもしなかった。

「お願い、殺すのだけは止めて」

「王は名誉ある死を望んでいる。こうするのは、王のためでもある」

「……これでは負の連鎖が起こるだけだわ。やがて騎遼や他の王族があなたの命を狙うことになる」

「これは、なさねばならないことなのだ、彩蓮。殺されたのは、私だけではない。私に仕えた多くの者たちの命がこの男によって奪われた。これは私の復讐《ふくしゅう》なのだ」

「お願い、令兄。同じことを繰り返さないで……」

令静は彩蓮の言葉に迷った様子を見せた。

瞳《ひとみ》を左右に動かし、剣を重そうにする。しかし、それをよく思わない人物がここには一人いる。貞幽である。令静を王座につけるために邁進《まいしん》していた男は、彩蓮を軽視していた。いや、軽視どころか、騎遼と近いことを理由に面白く思っていなかったのだろう。令静の迷いを見抜くと、将来の足かせともなり得る彩蓮に向かって呪を込めた札を投げた。

札は空中で剣となり、彩蓮の喉元《のどもと》を狙った。

「彩蓮さま！」

皇甫珪の声が聞こえ、振り向くと刃がこちらに飛んでくるところで防ぎきれない。

——だめだわ！

彩蓮は目を瞑《つぶ》り、ありったけの気で術返しの呪文《じゅもん》を唱えたけれど、数段も格上の貞幽の呪を破るには至らなかった。しかし、一瞬、体がふわりとしたかと思うと、彩蓮は誰かの胸の中に押し込められた。その背に庇われたのに気づいたのは次の瞬間だった。

「うっ」

呻《うめ》いたのは、王だった。彩蓮の肩に乱れた銀髪が垂れ、王が背を丸める。呪を込めた刃は王の背に深く突き刺さり、やがて耐えていた血を口から吐く。

「王さま……」

「父上！」

騎遼が駆け寄り、彩蓮と王を引き離そうとしたけれど、王はぎゅっと彼女を抱きしめたまま離そうとはしなかった。それを見た前王令静は、怒りを溜《た》めた低い声でいう。

「殺！」

二本の指が天を差し、斜めに空《くう》を斬る。騎遼が王をかばって手を広げたが、令静が放った気は、彼の頬すれすれをかすめて貞幽へと向いた。

「な、なぜ……」

「我が姪《めい》を殺そうとするのは、反逆でしかない」

崩れ落ちた貞幽の体は地面に落ちる前に灰と化し、地を這《は》う旋風によって無に帰った。

「王さま！」

彩蓮は、鮮血を吐くことを止められずにいる王の大きな体を抱き返した。王は案じる息子の手を取って、絶え絶えに言う。

「騎遼、よいか。今日、ここで、何も起こらなかった。余は朝議の席で倒れ、心の臓の病で死んだのだ」

「ち、父上！」

王が残った力全てで彩蓮を抱きしめる。

「彩蓮……お前に会えてよかった。初夏になったら東屋《あずまや》で睡蓮《すいれん》を見るがい、い。愛は確かにそこにあったのだよ――」

語尾は掠《かす》れて聞こえなかった。

しかし、しっかり彩蓮の耳に届いていた。

「必ず。必ず、見ます」

王の頬がほんの少し緩んだのが見えた。幸せそうな最期だった――。

騎遼は涙を堪《こら》えながら、王の開いたままの瞳をそっと閉じた。兵士たちの術が解けて動き出したが、騎遼は手を上げて動くなと命じ、ぎゅっと唇をつぐむ。重苦しい沈黙が巨大な宮殿を覆い、皆が彼の言葉を待った。

「皆、王命を聞いただろう。今日ここで何も起こらなかった。異論があるものは前に出ろ」

騎遼は、剣を抜いた。

「俺が斬る！」


後日――。

朝霧が、対岸が見えないほど立ち込めている中、彩蓮は明河の畔《ほとり》にいた。

黄泉《こうせん》へと向かう尸解仙、令静を見送るためである。

「王さまにならなくていいんですか？」

令静の王位は弟に簒奪《さんだつ》されたままである。正しく継承されるべきだと騎遼も言ったが、令静は復位を辞退して、黄泉へと行く道を選んだ。

「私は王になりたかったわけではない。偽りの歴史を正したかっただけだ。太子騎遼は弟の恭清よりましであるし、私は神々とともに旅に出るよ」

淑国との関係を絶ちたかったというのも理由の一つのようだった。

「神々は連れて行くんですか」

「ああ。ずっと一緒だったからね」

「あの、これはどうしたらいいでしょうか」

彩蓮は手のひらを開いて見せた。中にあるのは、騎遼が盗んだと疑われた王の白い亀である。首をわずかに甲羅から出し、足をばたつかせる。

「それは彩蓮の亀だ。麗蓮がずっと世話をしていたものだからね。これからは君の手元に置いておくといい」

柔らかな風が男の黒髪を撫《な》でた。彩蓮は言おうか言うまいか、何日も前からずっと悩んできたことを口にする。

「わたし――こんなことを言っていいのか分からないけれど、亡くなった王さまのことを恨めないのです。それにわたしのせいでお隠れになったことを申し訳なく思っているんです」

「申し訳なく思う必要などないが、誰の死も、弔い、悼み、悲しむ人は当然いるべきだと思うよ。彩蓮が朝夕祈りを捧《ささ》げておやり。あの男の安らかな眠りは彩蓮の心がけによるだろう」

令静は春の日差しのように優しく微笑んだ。

「それに弟は麗蓮に続いて彩蓮に何かがあれば正気ではいられなかっただろう。これでよかったのだよ」

足元の青い草が歩く度に香り立ち、見上げれば葬送の舟は小さい帆を立てている。そこに「吾《あ》も、吾も」と人面の霊獣が令静の足元にまとわりついていた。主《あるじ》とともに黄泉へと旅立つのである。

「気をつけて。鎮墓獣のことよろしくお願いします」

「ああ」

令静が彩蓮を強く抱きしめた。それは別れの抱擁で、巻き込んだことへの詫《わ》びのようでもある。

「幸せにな。彩蓮」

「はい」

令静の目が後ろで控えていた皇甫珪を見た。

「皇甫珪といったな」

「はい」

「彩蓮を頼む」

「心得ております」

令静は桟橋を器用に渡っていった。別れは辛《つら》いけれど、決してこれが永遠の別れでないということは、僅《わず》かな霊力しかない彩蓮でも分かる。またいつか、大切な人に会うことができるだろう。その日までの、僅かな間の別れにすぎない。

霧が晴れた向こうから、小舟がやって来るのが見えた。琴の音が聞こえ、風が頬を冷やした。

白い衣を着た女が一人、おいでおいでと袖《そで》を振る。美しい、長い髪の人で、どこか彩蓮に似ていた。

「麗蓮――」

男の呟《つぶや》くような声が零《こぼ》れ聞こえた。

貞麗蓮だと、彩蓮にもすぐに分かった。

「迎えに来たんだわ……」

二人の王に翻弄《ほんろう》された人は、そのどちらを愛していたのだろうか。

『王后として生き、王后として死んだ』

彼女の生き様はそれにつきるのではなかろうか。悲劇の人ではなく、夫を謀反から守ろうとした王后。何が正しく、そして正しくないかをしっかりその目は捉《とら》えていたはずだ。

麗蓮の手のひらが大きく翻り、白い袖がはためく。

手を振る彼女に貞家の女の強さを彩蓮は感じた。苦しい恋。己の役目に、家族への思い。そして国を思う心。麗蓮は一人己の生きる道を模索し、最後の最後で、命をもって結論を下したのだ。

武曜王、令静の乗った舟がゆっくりと手繰り寄せられるように霧の中に消えて行った。

「さようなら！」

彩蓮は大河を渡る舟にいつまでも手を振っていた。


「あの……」

振り向けば皇甫珪である。

「これはそれでいかがするのですか。宮殿に届けるのなら今から行ってきます」

これとは白亀のことである。

白亀は瑞兆《ずいちょう》。賢君が現れた時に出現する瑞兆である。

彩蓮はそれをしばし見下ろした後、皇甫珪の胸に押し付けた。

「あなたが飼って」

「お、俺が、ですか?!」

「わたし、生き物を飼うのは好きではないの」

「蟲《むし》を飼っているではありませんか」

「あれは生き物ではないわ。目があるものはあまり好きではないの」

「だからって俺では……これは神さまなのですよ」

「そんなに気負わなくていいわよ。ただの亀だと思えばいいの」

「呪ったりはしませんか」

「大丈夫よ」

大男は肩をすくめる。彩蓮は、呪いという言葉でふと思った。

「わたしが宮殿に行くと具合が悪くなるのは、伯母《おば》さまの呪いだったのかもしれないわね。あれから宮殿に行ったけれど、気持ちが悪くなったり頭が痛くなったりすることはすっかりなくなったわ」

「彩蓮さまを守ろうとして？」

「そうだと思うの」

きっとそれは警告だったのだ。宮殿は陰謀の渦巻く場所で、生半可な気持ちで近づいてならないという——。

彩蓮は皇甫珪に向き合った。

「これから貞家はどうなるのかしら」

「謀反を犯したのは確かに貞家の人間でした。処罰は免れないでしょう。貞白さまはすでに太祝の職を辞することを表明されたそうです」

貞白の処罰だけで終わるとは思えなかった。践祚《せんそ》する騎遼の意向はどうか分からないが、重臣たちはこの機に乗じて、貞家を厳罰に処すように奏上するだろう。

「貞家が力を失えば、この国の根幹である神権政治にも影響するわ」

「そうですね。でも俺たちだって指を咥《くわ》えて見ているだけじゃありませんよ。彩蓮さまを危機に陥れたのは他でもない王家なのですから」

「きっとこの国の機能はしばらく停止するわ。根比べになるはずよ」

貞家は国の神事のすべてを取り仕切っている。つまり葬儀から婚礼、祭祀《さいし》、祈禱《きとう》にいたる全てである。迷信深いこの国の人間は庶民から王族にいたるまで、貞家とは手が切れない関係にあり、王家が貞家を罰する気なら、貞家は一切の神事を停止して対抗するだろう。

「時間はかかるかもしれないけど、どこかで折り合いをつけるしかないわ。王家あっての貞家であり、貞家あっての王家だもの」

皇甫珪が頷《うなず》き、彩蓮はそっとその頰に手をのばした。

「また髭《ひげ》が伸びた」

「お嫌ですか」

「さあ——」

誘うような視線を彩蓮は無意識に皇甫珪に向ける。手と手は絡まり、胸がドキンドキンと高鳴る。皇甫珪にあって騎遼にはないものは、きっとその穏やかな瞳《ひとみ》だろう。騎遼は彩蓮のために捨てられぬものをたくさん持っているけれど、皇甫珪は命さえも彩蓮のために惜しまない。無私の愛があって、それが彩蓮を不安にさせないのだ。だから彼の大きな手のひらは、いつだって暖かく優しく彩蓮を包み込む。

「皇甫珪……」

「彩蓮さま……」

見つめ合う二人。

肩が引き寄せられて、抱き寄せられる。

「お慕いしております、彩蓮さま……たとえ、俺たちにどんな未来が待ち受けていようとも」

「どういう意味？」

皇甫珪は、静かに微笑んだ。貞家の女を待ち構えているのは、政治の思惑と複雑な人間関係である。父、貞冥や、祖父、貞白がいくら彩蓮を守ろうとしても、宮廷はこれからも彩蓮を取り込もうとするだろう。今回はその警鐘にすぎない。

彩蓮は髭面男をぎゅっと抱きしめた。男も強い力で抱きしめ返す。髭面の大男で、年だってずっと離れているけれど、皇甫珪は頼もしく純真に彩蓮を想ってくれている。それは得難い安心感となる。

「俺が彩蓮さまをお守りします」

「皇甫珪――」

見つめ合う二人。髭面の唇が願掛けも忘れて近づいてくる。

「彩蓮！」

ところが、遠くで聞き慣れた声がするではないか。

彩蓮の父、貞冥だ。

「婚礼前に破廉恥だ！」

剣を握ってやってくる。

その形相はただならぬものがある。

でも、そんなこと気にすることはない。罰を受けるのはどうせ皇甫珪で、彼はいつだって彩蓮の味方なのだから——。

「もう一度抱きしめて」

「何度でもどうぞ」

皇甫珪は彩蓮を片腕に乗せるようにした。大空がすぐそこにあって、彩蓮が手を広げれば、暁が空に満ちた。

了

本書は書き下ろしです。

天《てん》命《めい》の巫《み》女《こ》は白《はく》雨《う》に煙《けむ》る

彩蓮景国記《さいれんけいこくき》

朝田小夏《あさだこなつ》

令和元年 10月25日　初版発行
令和7年 2月10日　4版発行

発行者●山下直久

発行●株式会社KADOKAWA
〒102-8177　東京都千代田区富士見2-13-3
電話　0570-002-301（ナビダイヤル）

角川文庫 21859

印刷所●株式会社KADOKAWA
製本所●株式会社KADOKAWA

表紙画●和田三造

ISBN 978-4-04-108740-4　C0193

角川文庫発刊に際して

角川源義

第二次世界大戦の敗北は、軍事力の敗北であった以上に、私たちの若い文化力の敗退であった。私たちの文化が戦争に対して如何に無力であり、単なるあだ花に過ぎなかったかを、私たちは身を以て体験し痛感した。西洋近代文化の摂取にとって、明治以後八十年の歳月は決して短かすぎたとは言えない。にもかかわらず、近代文化の伝統を確立し、自由な批判と柔軟な良識に富む文化層として自らを形成することに私たちは失敗して来た。そしてこれは、各層への文化の普及滲透を任務とする出版人の責任でもあった。

一九四五年以来、私たちは再び振出しに戻り、第一歩から踏み出すことを余儀なくされた。これは大きな不幸ではあるが、反面、これまでの混沌・未熟・歪曲の中にあった我が国の文化に秩序と確たる基礎を齎らすためには絶好の機会でもある。角川書店は、このような祖国の文化的危機にあたり、微力をも顧みず再建の礎石たるべき抱負と決意とをもって出発したが、ここに創立以来の念願を果すべく角川文庫を発刊する。これまで刊行されたあらゆる全集叢書文庫類の長所と短所とを検討し、古今東西の不朽の典籍を、良心的編集のもとに、廉価に、そして書架にふさわしい美本として、多くのひとびとに提供しようとする。しかし私たちは徒らに百科全書的な知識のジレッタントを作ることを目的とせず、あくまで祖国の文化に秩序と再建への道を示し、この文庫を角川書店の栄ある事業として、今後永久に継続発展せしめ、学芸と教養との殿堂として大成せんことを期したい。多くの読書子の愛情ある忠言と支持とによって、この希望と抱負とを完遂せしめられんことを願う。

一九四九年五月三日

ISBN 978-4-04-107955-3

ビストロ三軒亭の謎めく晩餐

斎藤千輪

ラストにほろりと涙するミステリー

三軒茶屋にある小さなビストロには、お決まりのメニューが存在しない。好みや希望をギャルソンに伝えると、名探偵ポアロ好きの若きオーナーシェフ・伊勢が、その人だけのコースを作ってくれるオーダーメイドのレストランだ。個性豊かな先輩ギャルソンたちに気後れしつつも、初めて接客した元舞台役者の隆一。だが担当した女性客は、謎を秘めた奇妙な人物であった……。美味しい料理と謎に満ちた、癒やしのグルメミステリー。

角川文庫のキャラクター文芸

ISBN 978-4-04-107391-9

ISBN 978-4-04-107952-2

准教授・高槻《たかつき》彰良《あきら》の推察

民俗学かく語りき

澤村御影

事件を解決するのは“民俗学”!?

嘘を聞き分ける耳を持ち、それゆえ孤独になってしまった大学生・深町尚哉。幼い頃に迷い込んだ不思議な祭りについて書いたレポートがきっかけで、怪事件を収集する民俗学の准教授・高槻に気に入られ、助手をする事に。幽霊物件や呪いの藁人形を嬉々として調査する高槻もまた、過去に奇怪な体験をしていた――。「真実を、知りたいとは思わない?」凸凹コンビが怪異や都市伝説の謎を『解釈』する軽快な民俗学ミステリ、開講!

角川文庫のキャラクター文芸

ISBN 978-4-04-107532-6

ISBN 978-4-04-106766-6

明日、君が花と散っても

柳瀬みちる

涙溢れ、息を呑む結末がここにある。

〈あの戦争〉のせいで、ほとんどの人類が死に絶えた世界。ある集落で拾われ成長した少年マサキは、不自由ながらも穏やかに暮らしている。初恋の少女カエデのお陰で、幸せだとすら思っていた。目の前で仲間が「散る」までは。手足の先から葉が生え、全身が花と散る奇病、〈死花症候群《しにばなしょうこうぐん》〉。なす術《すべ》なく散る仲間たちを救う方法を探すマサキだが、カエデも病に冒されていると知り……。綺麗な涙が止まらない、「世界の終わり」の純愛ミステリ。

角川文庫のキャラクター文芸

ISBN 978-4-04-106881-6

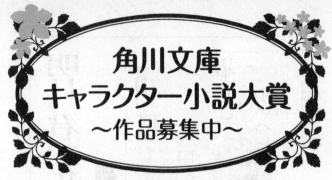